小惑星ハイジャック

ロバート・シルヴァーバーグ

時は23世紀。宇宙産業の発展にともない、小惑星帯に眠る資源を採掘しようとゴールドラッシュ以来のブームが湧き起こった。大学院を出たばかりのジョン・ストームも、大企業の就職を断わり、恋人を地球に待たせて、２年間の約束で小惑星帯へおもむいた。彼は最後の最後に大当たりの小惑星を発見し、これで人生は順風満帆……のはずだった。地球へ帰った彼は呆然となる。登記したはずの小惑星の記録はなく、さらには２年前に宇宙へ出た彼自身の記録もない。そもそも120億の地球人のなかに彼は存在していなかったのだ！　だがそれも彼にとって途方もない旅路のはじまりにすぎなかった。巨匠シルヴァーバーグ若き日の傑作。

小惑星ハイジャック

ロバート・シルヴァーバーグ
伊　藤　典　夫　訳

創元ＳＦ文庫

ONE OF OUR ASTEROIDS IS MISSING

by

Robert Silverberg

1964

小惑星ハイジャック

1

小惑星はただの岩である。宇宙の長い夜のなかに浮かぶ巨大な岩石だ。いま紫っぽく輝いているのは、ジョン・ストームが遠い侘《わび》しい火星を背にながめているせいだ。ストームは疲れたようすで着陸座標を打ち出した。

（ちょっと降りて調べてみるか）と彼は思った。

小惑星帯にきて一年半。なんの収穫もなく探しつづけてきたので、星図にでていない未登録の小惑星を見つけたら、これをパスしてしまう法はなかった。ひょっとしたら、ここには目当ての鉱脈が眠っているかも。ひょっとしたら。

最後に見たやつにはそれらしい鉱脈はなかった。その前のやつも収穫なし、いままで見てきた多くの小惑星も。しかし、ひょっとしたら――

（ひょっとしたら）

船のコンピューターのキーをたたく。値のはるコンピューターではないし、船もたいしたものではない。だが選《え》り好みのできる立場ではなかった。世紀の変わり目ごろには、ホーソーン113は小型の宇宙船で最高の性能を誇っていたものだ。だが、その世紀は十八年まえに終わり、いまホーソーン社はモデル127を市場に投じている。ストームはおんぼろ船の老朽ノズルをふかすたびに、船が形を保っている幸運に感謝するのだった。

展望プレートのなかでは小惑星がきらめいている。ストームは険《けわ》しい笑みをうかべると、無精《ぶしょう》ひげがむずがゆい頰をかき、将来ふたたび風呂にはいることができるだろうかと、ふと思った。

《機能》キーをたたく。とたんに船の光る鼻づらのどこかで継電器がクリックし、パルスが反応チェンバーに飛び、中古ホーソーンは胴震いすると、鼻部《びぶ》をかしげ、地表者《おかもの》の目で見れば、下方の小惑星めざして降下に移った。

浮かぶ岩塊《がんかい》に向かって小型船が軌道を合わせる時間を利用して、ジョン・ストームは宇宙服を着こみ、着地に身構えた。鉱物名が連禱《れんとう》のように心のなかを流れてゆく。(セシウム、タンタル、リチウム。プラセオジムにネオジム。セシウム、タンタル、リチウム。プラセオ)

軽金属類。反応性金属類。希土《きど》類。ぱっとしない元素の雑多な群れ。一八七五年のウラニウムがそうであったように、幾世代か昔にはそれらはまったく役立たずの元素だったのだ。だが、いまは違う。

それらは宇宙産業を押し進める元素である。いま五千万ドルの宇宙船に動力を与えているセシウムイオン・エンジンがその一例だ。地球にはどれほどのセシウムが埋蔵されているのか？　少なくとも貪欲な需要に見合うだけの量はない。タンタルとニオブはコンピューターに使われる。一日広告をいれるだけで二百キロのニオブを入手できるか？　不可能。そういうことだ。半導体に使うガリウムは？　ルビジウムは？　ランタンは？

地球のエレクトロニクス産業の複雑きわまる全体が、こうした目立たぬ元素を求めてあえいでいるのだ。しかし、それらはどこに見つかるのか？　カナダの豊かな金属資源は二十世紀なかばから大量に採掘されている。マニトバあたりの鉱床《こうしょう》が永遠に保《も》つはずはない。アフリカにはセシウムがあり、南米にはベリリウムが眠っている。しかし、ピント外れの革命がいつどこで起こって、いまの供給を断ち切ってしまうかわかったものではない。

地球はそうした金属を必要としている。新たな供給源を発見すれば、その人間に巨万の富が約束される。

しかし、どこを探せばいいのか？　南極の氷原は有力だが、地球の状況はそこまで深刻ではない、ほかに目を向けるとすれば、それは宇宙だ。特に小惑星帯である。

こうしてかつてのゴールドラッシュ以来の群衆が宇宙に飛びたつことになった。探し求めているのは、もちろん黄金ではない。いまだに黄金をたてまつっているのは、貴金属商とその顧客だけだ。莫大《ばくだい》な金は、風変わりな名前をもつ種々の金属にあるのだ。

ガリウム、タンタル、セシウム、ランタン――

探鉱者たちは希望に胸をふくらませ、宇宙に旅立った。そのなかにはジョン・ストームもいた。


狂気の沙汰《さた》だと、もちろん誰もがいった。

歳は二十四。ということは、二十三世紀より八つ年上という計算になる。資格としては、アパラチア工大で鉱山技師の学士号をとっている。仕事は山ほど待っている。やりがいのある仕事だ。

狂気の沙汰だと最初に忠告してくれたのは、ユニヴァーサル探鉱人事部のドノヴァンである。二二一六年六月、ドノヴァンは求人票をひらつかせながらアパラチア・キャンパスでストームを面接した。背の低い、血色のいい男で、とてつもない眉毛をし、唇《くちびる》は薄く、いかめしく顎《あご》をひきしめている。だが心根《こころね》はやさしかった。

「八月にはじめる」とストームにいった。「ティエラ・デル・フエゴのうちの施設では、エンジニアが不足してるんでね。基本給一万六千ドルに足して、種々のメンテナンス割当てがある」

「その仕事口――ぼくのために二年空《あ》けておいていただけませんか？」

「どうして？」

「そのまえに探鉱の計画がありまして」と彼は打ち明けた。「二年たって収穫がなかったら、帰ってユニヴァーサルで働かせていただきます。しかし、そのまえにまず行きたいのです」

「狂ってるね」ドノヴァンはあけすけにいった。「砂金採《と》りに人生を賭ける気はないんだろう、ストーム？　きみにはきっちりした素晴らしい職場をもう用意してあるんだ」

「その職場、二年待ってくれますかね？」

「どうして二年分の給料を放りだすんだ？　きみぐらいの才覚があれば、二年で十万ドルは稼ぎだせるぞ。自社株購入権やなんやも含めて全部だ。どうして――」

「こっちの狙い通りになれば、十万ドルなんかはした金です」ストームは強情にいった。

ドノヴァンの眉毛が、風にあおられる旗のようにはためいた。下顎《したあご》がうろたえ気味にふるえた。「いったいいま何人の男が宇宙にとびだして、小惑星帯《ベルト》をつつきまわしていると思う？　わたしがいってるのは企業の調査隊じゃない。ソロの連中だ。何百人という数だぞ！　そのなかで何かを発見したとかいってるのが何人いる？」

「ぼくはやるつもりです」

「半数はあそこで命を落としてるんだ、ストーム。きみは死にたくはないだろう。ガール・フレンドだっているんだろう？」

「彼女がどうかしましたか？」

「結婚しなさい。きみはいくつだ？　二十四だって？　何をぐずぐずしてる？　住み心地のいい家を提供するよ。新居に落ちついて給与小切手をもらって子供をつくりなさい。小惑星帯《ベルト》はうすばか連中にまかせておけばいい」

ストームは笑った。「ティエラ・デル・フエゴに落ちつきますか、はん？　火星は駄目ですか？」

「われわれの南米の施設を見学してみるといいな」とドノヴァン。「気候調整は完璧だ。パタゴニアにいるような気はしない。まさにパラダイスさ。年に十カ月はアウトドアで水泳ができる。わたしのアドバイスを受け入れて、一度あっちへ見にいって来てくれ。

ひと目でいい。往復運賃はうちが持つ。空気を嗅《か》いでみなさい。花々の香り。きっと気に入るから。昇進のチャンスはいくらでもある。きみのやる気、きみの頭なら、人生はずっと上り坂だぞ」

夢のような話だし、けっこう興味をそそられる、とストームは思う。だが、自分には合ってない。少なくともいまのところは……。その前にまず宇宙だ。ティエラ・デル・フエゴに階層式のわが家を持ったり、自社株購入権その他なんやかやを受け入れるのはそのあとでいい。

「その仕事口、ぼくのために二年空けておいてもらえますか？」と彼はきいた。

「バカをいうんじゃない」とドノヴァン。

ストームの友人たちも、ドノヴァンほど無遠慮ではなかったが、おなじ意見だった。みんなカレッジや大学院でいっしょに学んだので、雇用状況は知っている。ユニヴァーサル探鉱カルテル（ＵＭＣ）が仕事をくれるというのなら、受けるのが普通だ。その前に小惑星帯をほっつきまわるようなことはしない。

「探鉱なんて変わり者がやることさ」と友人のネッド・ライアンズがいった。「確率がどれくらいのものか！」

「おれはやるつもりだよ。それで変わり者にされるのなら、べつにかまわない」

「常識的に考えろって、ジョニー。向こうは仕事をくれるといってるんだ。リズはいつでも結婚する用意がある。小惑星帯くんだりまで出かけるのは狂人だけというのに、おまえは――」

「おれは狂人さ」とストーム。「それでいいだろ?」太い力強い指を緊張気味にたわめ、彼は身を乗りだした。手の甲には金色の毛が細いワイヤのように生えている。大柄なブロンドの男で、両肩は分厚くたくましい。自分にはヴァイキングの血が流れていると考えるのが好きだが、これはおそらく当たっているだろう。「このままユニヴァーサルに就職すれば、金はたっぷり稼げる。上級探鉱エンジニアなら四万ドルは堅い。だろ?」

「その通りだよ」

「よし。もしこっちが小惑星帯に出かけて一〇〇万ドル相当のセシウム鉱脈を見つけたとしたら、どうだ? そのうち四パーセントを投資すれば、おなじ四万が手にはいり――おまけに、おれの自由が保証される。パタゴニアに住むことはないし、UMCがおれに飛び降りろと命令しても、そうする必要はない。独立して研究もできるし、本を書いたり、気が向けば遊び暮らすこともできる」

「それはギャンブルじゃないか、ジョニー」

「一か八《ばち》かの大ギャンブルさ。だが、それだけの値打ちはあるね。一生のうち二年を棒にふるか、ちゃっかり独立を勝ち取るかだ」

もちろん、それはもうひとりの人間の二年を奪うことでもあった。考えなければならないのはリズのことであり、彼は考えに考えた。二人は百回も千回もこの問題について話しあいを重ね、ついにストームは彼女が本気だと確信するにいたった。リズは恋人を行かせたがっており、そのあいだ耐えしのぶ気でいる。二年間だ。

「その二年が過ぎたら、わたしがどう動くか保証はできないわよ」はしばみ色の目も重重しくリズはいった。その気になれば、どこまでも深刻になれる女なのだ。「でも、二年は待ってあげる。これは約束ね」

「それを信じていいんだね？」

彼女はほほえんだ。「いますぐにでもあなたがほしいわ。でも、その前にあなたを行かせなければ、わたしのものにならない。さもないと、あなたが星空を見上げるたびに――それはいや。駄目。あなたを引き止めたと知っていて、残りの人生を生きていたくはないわ。女性はいつでも、男を引き止めて、確かなものにすがったり、安楽な暮らしを確保しようとするの。わたしはそうしない。行きなさい。わたしもいっしょに行きたいくらい」

「それができたらね。だけど、これは自分ひとりでやったほうがいい仕事なんだ」

「わかってます。ただ……ジョニー――」
「リズ！」
「あなたの宝物を早く見つけてちょうだい。見つかったらトンボ帰りよ」
「どこまでできるかやってみるよ」彼は低い声で約束した。

ここまでの成績ははかばかしくなかった。持ち時間も終わりに近い。みずから決めた協定では、二年かっきり働いて、その日かぎりでやめるというものだった。でかい一発をあてこんで宇宙航路をあてどもなくさまよう流れ者にはなりたくなかった。正気の人間ならあきらめどきはわかっている。

〝あきらめる〟という発想はストームの好みではなかった。この小惑星帯《ベルト》のどこかに商品価値のある鉱脈が眠っている。かつて火星と木星のあいだには惑星がひとつ存在したが、なにか想像を絶する災厄によって惑星は粉砕された。いまその世界のかけら――小惑星――に軽金属が豊富に含まれているのは確かなことだ。すでにちょっとした大当たりの情報がちらほらとはいりはじめていた。

ここまでストームはツキに恵まれていなかった。多少とも値打ちのある見つけ《め》ものをしたのは一年も前で、それもリチア雲母《うんも》（リチウム含有）を一握り発見したに過ぎなかった。商売になる量でもなければ品質でもない。

彼は進みつづけた。こちらで掘り、あちらで引っかき、見ばえのしない岩からつぎの岩へ……。小惑星のかなりは純粋な花崗岩《かこうがん》や玄武岩《げんぶがん》で、山々の砕けた小塊《しょうかい》がもつれあうように運行している。しかし、なかには微量ではあるが、価値ある鉱物を含んだ小塊もあるのだ。そうするうち、見込みは薄いかもしれないが、あたってみる値打ちのあるひとつの岩と出会うときがきた。リチア雲母やらポルサイトやら黝輝石《ゆうきせき》やら、興味深い鉱物が渦巻き状に露出した岩塊である。地球への輸送費をまかなうには足りないが、希望をふくらませるには充分な量だ。

ざっと調べた結果、ほぼおなじ組成《そせい》から成る小惑星がどのあたりに見つかりやすいかがわかった。岩から岩へ吟味《ぎんみ》をつづけながら、彼はその方面をめざした。

さて、こいつだ。直径八マイル、火星からの反射光をうけて紫っぽく光っている。ストームは百フィート上空のパーキング軌道にあるちっぽけな船を出ると、しなやかなチタニウムロープを伝って降下した。船は真上に浮かんだままといった風《ふう》だが、じっさいには動いていて、小惑星の公転速度に合わせているため、おなじ相対位置を保っている。ストームは最後の五フィートを下り、地表に着いた。これほど小さい小惑星では、船をじかに着地させるのは得策ではない。離昇のさい、衝撃で小惑星の軌道がわずかにそれるため、あとで厄介なことになるのだ。事態を複雑化させないためには、それを避けるのが望ましい。

彼は周囲に目をやった。地平線というか、地の果てはのこぎりの歯のような低い丘で、ひとを拒絶している。その彼方《かなた》はまばゆい星々だ。真空なので、もちろん瞬《また》くことはないが、それぞれの星は天空に打ちつけられた冷たい宝石を思わせる。

ストームは散策をはじめた。まずは鉱石サンプルの収集だ。訓練をつんでいるので、直感には自信があるし、それを鵜呑《うの》みにしない程度の分別もわきまえている。しかし今度ばかりは抑えがたい興奮がうちで高まっていた。おなじような興奮は、小惑星帯ではじめて鉱石サンプルを集めたときにも感じたことがある。それは浅はかで不合理な行き止まりの希望であり、ビギナーズ・ラックはあえなく空振りに終わった。しかし、いま二年近い失望つづきののち、せまりつつある大発見の感覚はふたたび彼のなかで生きいきと脈打ちはじめていた。

彼はサンプルをかかえ、ほとんど駆け足で梯子《はしご》のところに引き返した。重力がゼロに近い小惑星上で走るという行為は、危険をともなう。さして腰のバネをきかせたわけでもないのに宇宙空間に飛びだし、船や固い地面にもどれず、永遠にあがくことになるのだ。

そろそろ歩きで梯子にたどりつくと地面を力強く踏んだ。作用と反作用の法則によって、彼の体は羽根よりも軽く、いや、もっと軽々と宙に昇った。地面から六メートルのところで手を伸ばし、金属梯子のループをつかむと、にたにた笑みをうかべながら残りの道を急ぎ、船のハッチに消えた。

ヘルメットは脱いだものの、宇宙服は装着したまま、鉱石サンプルを分析ホッパーに入れた。

評決はすぐに出た。

ここには鉱脈がある。市場価値のある鉱脈がある。

ホッパーの判定によれば、鉱脈はこの小惑星全体に広がっているようだ。

大当たり！

2

成りゆきに少々とまどったものの、ストームは驚いてはいなかった。二年間の失望の蓄積は彼の精神をすりへらし、とてつもない成功が手のとどくところにせまった場面で、どう反応していいやらわからなくなってしまったのだ。疲れてもいたし、長い孤独で感情はすっかり洗い流されていた。そのため、いま彼にできるのは、薄ら笑いをうかべ、おれは手ぶらでは帰らんぞとつぶやくだけだった。

(おれは億万長者だ)と自分にいう。だが観念は体に沈みこんでいかなかった。

(おれは賭けに勝った。これでドノヴァンのでぶ顔を笑いとばしてやる)

感慨なし。背筋のぞくぞく感なし、ガハハ笑いなし、有頂天《うちょうてん》の嬌声《きょうせい》なし。気がつけば、彼は小惑星いっぱいの貴重な鉱物ではなく、紛失した十セント玉を見つけたように平然と事実を受け入れていた。

ストームは肩をすくめ、正式な反応はこの先だと心にいった。大喜びするのは時間がたってからでいい。いまこの瞬間は仕事が待っているし、しなければいけないことは山ほどある。

つましい食事――どのみち船にはもうたいして残っていない――をとると、二、三のテストをするためまた梯子《はしご》を下った。小惑星の質量、密度、化学組成《そせい》、その他いろいろなものについてデータがほしかったからだ。ほとんどは、もちろん帰ってからわかることだ。しかし彼は自分が何を発見したか、真相を確かめておきたかった。

八時間後、彼はあらましを知った。その規模は彼をさらに放心させるものだった。あまりにも厖大《ぼうだい》で、心情的にどう受けとめてよいかわからなくなってしまったのだ。この小惑星は反応性鉱床《こうしょう》のかたまりらしい。ここにはリチア雲母《うんも》がある。リチウムたっぷりで、ガリウムの鉱脈も走っている。緑柱石《りょくちゅうせき》の鉱床がある。セシウムを産するポルサイトがある。その他、何十億年むかしに大釜《おおがま》のなかでこねあげられたものか、何種類もの貴重な金属が認められる。マニトバの野外調査にたびたび参加していたストームは、もちろんバーニック湖のような土地でエキゾチックな鉱物がごちゃ混ぜになった絢《けん》爛《らん》たるかたまりも目にしていた。こりゃあバーニック湖の再来だぞ！　あの土地が根こぎにされ、ぷかぷか宇宙空間に浮かんでるようなものだ。

現金化されたときの額まで想像するのは時間の無駄だった。何百万ドルか？　何十億ドルか？　おれは金持ちだ。というか、間もなくそうなる。それさえわかっていればいい。とにかくなるべく早く、このとてつもない岩の権利を登録してしまうことだ。権利の登録――まさにそれが次に踏むべき仕事のステップだった。

火星は九千万マイル（一億四千五百万キロ）のかなた――これは地球と太陽との隔《へだ》たりにほぼ等しいが、ジョン・ストームにすれば、それが目下《もっか》のところもっとも近い天体だった。そこからさらに七千万マイル行くと地球があるが、火星、地球、ならびにこの無名の小惑星がそれぞれ異なる軌道を運行しているため、数字は絶えず変化している。火星はジョン・ストームの最初のストップ点である。各天体の軌道はいまの彼には有利で、帰りの道では火星と問題の小惑星は接近をつづけているが、一方の地球は遠ざかる方向に向かっている。火星から地球にむけて発《た》つころには、地球は軌道をめぐって近づいてくるので、多少の時間の節約になる。惑星から惑星へ飛びうつるのは、ニューヨークからサンフランシスコへ飛行するよりもうすこし込みいった作業である。少なくともニューヨークとサンフランシスコは動かない。

ストームは小惑星の位置と軌道を確認すると、梯子をたくしこみ、火星の最新の座標を打ちこんだ。パーキング軌道から離脱するさいの閃光《せんこう》はなかった。セシウム・エンジンから目に見えないイオンの雲が吐きだされただけ。船が発進するたびに、この宇宙における セシウムの供給量はほんのちょっぴりずつ減ってゆき、代わりに彼が発見した鉱脈の市場価格はじりじりと上がりつづける。そう考えると楽しかった。

加速はつづいた。いまやストームは急いでおり、コンピューターには最大速度となるコースをとるよう命じていた。抗力が巨大な拳《こぶし》のように彼をシートに打ちすえたが、気にはならなかった。なぜなら早く発《た》てば、早く火星に着くわけで、すなわち帰郷も早まる。地球に帰れる。リズのもとへ。

彼女にメッセージを送りたい誘惑にかられた。そうするには火星にむけてビームし、そこの通信衛星に転送してもらえばいい。「ベーコン持参で帰る。すべて一〇〇％成功！」

近ごろは火星から地球へメッセージを送るのに五十ドルかかる。資金が日に日に乏《とぼ》しくなってくるので、リズへのたよりは年に四、五通と制限している。内容はいつもおなじ、失望と愛情表現のごった煮だ。小惑星帯から火星にメッセージを送ろうとすると、さらに二十五ドル高くなる。

倹約して送るのはやめた。間もなく火星に着くのだし、リズはいままで待った。数日遅らせても問題はないだろう。

つぎの瞬間、笑いがこみあげ、おもわず声がでた。「なにをケチケチしてる？　おれは億万長者じゃないか！」

通信ビームをオンに切り替えたところで、新たな思いつきがひらめいた。もし誰かが呼びだしをモニターしていたら？　彼が探鉱者だと知っていて、その人物が彼のメッセージを鉱脈発見と正しく解釈したとしたら？　それだけでトラブルを招くことになる。先取り特権の横領、鉱脈の強奪――なにが起こるかわかったものではない。いまが二十三世紀であろうがなかろうが、ここはけっこう無法な辺境の地なのだ。

ストームは笑った。中継システムは完全に自動である。のぞかれる心配はない。報告を入れよう、と心に決めた。経費など知ったことか。こまごました疑惑や懸念《けねん》などくそくらえだ。

ビームを入れる。

《地球　西半球　アパラチア　グレイター・ニューヨーク113　クーリッジ・レーン11735　リザベス・チェイス様……ベーコンをみやげに帰るぜ、ベイビー。お祝いの用意を頼む！　ジョニー　メッセージ終》

プレイバックを聞き、うなずき、《送信》ボタンを押した。メッセージは火星の通信衛星にむかって飛び去った。着くまでに四分ほどかかることがストームにはわかっている。信号をバックログする時間を加えても、メッセージが地球をめぐる通信衛星のひとつにとどくのに一時間とかからないだろう。明日にはリズも受け取るはずだ。

光の速度ってのはすばらしいものだな、とジョン・ストームはつくづく思う。

残念ながら、彼の航行スピードはそれより多少ゆっくりしたものだ。しかしメッセージの速さとはいかないものの、いずれは着くだろう。いまはもう帰り道なのだ。

火星は漆黒《しっこく》の天空で赤茶色に光っている。小型船は飛びつづけ、ストームは待ち時間に耐えた。すると自分の発見の意味がしだいに心にしみわたり、彼は受けいれ、ひっそりと笑いだした。

マーズヴィルはいまだに作りかけのようなたたずまいを見せていた。人類の第一次遠征隊が火星に足跡を印してそろそろ五十年。コロニー自体も誕生してすでに二十年を経ている。たがいに通路で結ばれたジオデシック・ドームのもとで、街は無秩序に伸び広がってきた。ドームの空気は薄いものの、地球の大気としばらくご無沙汰の人間には地球並みにうまく感じられる。マーズヴィルの大半は波状《はじょう》ブリキのほったて小屋から成っていた。建築と呼べるものが建つまでにはまだすこし待たねばならない。

「採掘権の登録をしたいんですがね」とストーム。

「マシンを使って」と男はいい、指さした。ストームはうなずき、ホールのつきあたりに向かった。火星では何事もセルフサービスである。ひとりの係員と一群のマシンがやる仕事を、地球では百人の人間が寄ってたかって行なっている。

彼はマシンと対峙《たいじ》した。マシンはまず申請料を要求した。ストームが二ドル硬貨をスロットに落とすと、マシンはブーンといって緑のライトがともり、ルーサイトのパネルがせりだした。パネルの下には印刷された書式の見本がある。《印刷してください》と指示が出た。

ストームは指示に従い、いままでの二十六年の人生でなかったほど細心の注意をこめて空欄を埋めた。名前や市民番号からはじまって、申請の内容、小惑星のカタログ番号、軌道の指定、その他五十もの細々《こまごま》した事柄。

(そら、できたぞ)

書きおえた書類を仔細《しさい》にながめ、うなずき、ボタンを押す。黄色いライトがつき、パネルが引っこみ、一瞬のち、印紙を貼った申請書のコピーがトレイの上にすべり落ちた。

ストームはひったくるように取りあげた。

小惑星はまだ彼のものではない。二〇五八年の宇宙法の改正によって、個人が惑星より小さい天体において鉱石採掘権を取得することが、さまざまな条件つきで可能になった。権利を得た人間は、六カ月以内に採掘をはじめなければならず、はじめない場合は権利を失う。これは誰もかれもが勝手に動いて、目についたものの権利を主張しないようにする措置である。個人（または企業）が登録できる採掘権の数には限度がある。また宇宙空間は人類すべてのためにあるものだから、採掘特権を得るためには目の玉がとびでるような使用料を国連に支払わねばならない。

彼がいましがたマシンに入れたのは予備的な申請書類である。タイトビームのリレイによって申請は地球のマスターコンピューターに転送される。すべてが順調にいけば、一、二カ月で正式な採掘許可が彼のもとにとどくはずである。申請ははじめに調査を受けるが、そのさい官僚的形式主義が多分にからんでくるのは仕方がない。しかし、これによって十億ドル相当の小惑星を登録したのが彼であり、ほかの人間のつけいる隙《すき》がなくなることは事実である。

といっても、誰かが先に登録していなければ、だ。天体図には未登録と出ていた。だが天体図は最新の情勢を反映したものではない。ひょっとしたら彼より二週間まえにあの近辺に来た者がおり、申請はとっくに処理されているのかも。

ストームにすれば身の毛のよだつことだった。彼はその発想をふりはらうと、申請書のコピーを注意深くしまった。

最重要問題をかたづけたら、あと知りたいのは地球行き定期船の離床《りしょう》時刻である。

「つぎの船はいつ出る？」とストームは登記所の小柄な係員にきいた。

「三日後だね」

「火星日で？」

「もちろん」という答えに笑みはない。「ここいらじゃあ、ほかの日にちは使わんのよ」

「空《あ》いた席はあるか？」

「あるかもな。ただし即金だ。クレジットじゃ、お郷《くに》に帰れんよ」

「心配ご無用」とストーム。「チケットは地球にいるとき買ったんだ。そら」

しわくちゃの文書をさしだすと、係の男は冷ややかだが敬意のこもった目で彼を見つめた。

「頭いいじゃないか、え？　チケットを往復で買ってるやつは十人にひとりもいないぜ」

「おれは買ったよ」ストームはひっそりといった。

「鉱脈探しかい?」

「うん」

「すっからかんか、え?」

ストームは肩をすくめた。「そこまでひどくはない」

男は含み笑いした。「やってくる連中もいれば、行っちまう連中もいる。若いのも、そんなに若くないのもな。みんな大バカ野郎さ——悪気でいってるんじゃなくて」

「わかるよ」とストーム。「あんたはどうして火星へ来たんだ?」

男は黄色い歯を見せて薄ら笑いした。「行くべき場所だったたし、仕事があったからさ。ここまで上がってくれば、人口はたったの一万。地球へ下れば百二十億だ。ここならマシなチャンスがめぐってくるんじゃないかと思ってさ。金持ちになる気はなかったし、いまも金持ちじゃない。ただ生きたいだけだ」

「ここは気に入ったかい?」

「チケットは片道だったたが、後悔しちゃいないよ」冷たいまなざしがストームを見つめた。「あんた、船を売りたいんじゃないか?」

「ああ、売りたいね」

「あそこに男がいるだろう。あいつに相談してみな。ジェリー・バークから聞いたというんだ。悪いようにはしてくれないから」

ストームは検証済みのチケットをポケットにしまい、中古船のディーラーのところへ行った。独《ひと》り乃至《ないし》二人乗りの船で地球＝火星間を往復するのは間尺《ましやく》に合わない。旅客定期船に乗って火星へ行き、そちらで中古の二人乗りを買い、小惑星帯をめぐってから売りとばすほうがはるかに有利だ。

半時間の押し問答の末、船が売れた。総じてストームに不満はなかった。二万で買ったものが一万五千で売れたのである。つまり、船の使用料は年にたった二千五百。減価償却《しょうきゃく》による税控除がこれに加わる。思わず微笑がこぼれた。彼がこれから仲間入りする高所得層のなかでは、税の控除はきわめて重要だ！

しかしストームは目下マーズヴィルに釘《くぎ》付けにされている——火星日で三日だ。係の男は土着者特有の傲慢《ごうまん》さを見せて、そう念を押した、火星の一時間は、地球の一時間と比べて一分半ほど長いだけである。日に三十七分。しかし、その余分な三十七分についても、連中はなんとうるさいことか！

彼は街を見わたした。ほったて小屋の並び、中央官庁が建つ予定の標識のある空地《あきち》、廃品の集積場などなど。女性の移住が許可されて十年。これでマーズヴィルはやっとコロニーらしいコロニーになった。火星生まれの最初の赤んぼうはいま六歳——といっても、乳児期を無事生きながらえた最初の赤んぼうだが。

もちろん地球年で六歳である。ストームはこのことを思って微笑した。火星の一年は地球の一・八八倍なので、最初の火星ベイビーは、火星風にいえばまだ満四歳にもなっていないわけだ。しかし、これに文句をいうことはできない。ここは彼らの世界なのだ。

この惑星に先住の火星人はいない、風の吹きすさぶ赤い砂漠には栄養不良のいじけた小さな植物と、ハツカネズミよりさらに見劣りのする小動物とが生命をつないでいるに過ぎない。《火星人》とは、地球生まれの入植者たちなのである。いまから二世代ほどして、火星が母なる地球とたもとを分かちはじめたとき、いま見る世界はどう変わっているだろう。これは面白い眺めになりそうだ。

しかし当面ストームは火星になんの魅惑も感じていなかった。地球に帰りたくてうずうずしているのだ。これは致し方ない。彼はこの異邦の地に置き去りの身。火星日で三日まるまる我慢しなければならない。大型の地球行き定期船が離昇するときまでだ。

しかし事態がもっと悪くなるおそれだってあった。定期船はこの航路を月に一度往復するだけ。彼はほとんど理想的なタイミングでマーズヴィルに現れたわけである。

そして轟音閃光《ごうおんせんこう》とともに、船は火星の弱々しい重力を脱すると、ジョン・ストームはじめ百人の乗客を乗せて母なる世界へと旅立った。

3

登記所はグレイター・ニューヨークの文書館にある。

それは火星にある片割れと比べてはるかに威圧的な摩天楼《まてんろう》だった。ナイアック郊外でもっとも高いビルだという。ジョン・ストームは取るものも取りあえず文書館をめざした。宇宙港はそこからさらに百マイル外れたシティの最外縁にある。ストームは映話でリズに帰ったと告げると、文書館で落ち合おうと約束した。

「あの話はほんとうなの？」リズの話はそればかりだ。「あっちで何か見つけたって」

「見つけたさ。ここで話すには事が大きすぎる。おいで、いっさいがっさい話してあげるから」

リズはまだ来ていない。ストームはしびれを切らしながら、ビルの三十階に並ぶ長蛇《ちょうだ》の列についてじりじりと進んだ。彼の筋肉は地球の重力にもはや適応していない。不慣れな引きによって、体がずいぶん重く感じられる。定期船は人工重力があるので、はじめて乗ったとき、靴底に磁石がしかけられているのかと錯覚したほどだ。

彼はとうとう最前列に出た。ここにマシンはない。地球では六十億の成人が職を求めているのだ。苦労性《しょう》に見えるやせ顔のメガネ男が、窓口の金網越しにストームをながめた。

「試掘申請書です」火星で書いた書式のコピーを小窓にさしいれる。「確認をお願いします」

「承知しました」あいまいな濁ったノイズ。青白い手が書類を取り、スキャナーの光る面に伏せて置いた。ストームは片手の指でカウンターを神経質にたたいた。これが何日も眠りを奪う元凶《げんきょう》になっていた瞬間だ。もし申請がなんらかの理由で拒否されたら？

もし誰かが先を越して小惑星の採掘権を取っていたら？　もし――

職員は眉根《まゆね》を寄せた。長いテープがマシンからせりだした。打ちだされた文字までは読めない。

「失礼ですが」と職員。「火星でそのような申請がなされたという記録はないようです」

静かな事務的な声が大槌《おおづち》のようにストームの顔面を打った。

「え？　いま何といった？」

「この申請が火星で提出された記録はありませんな」

「そんなバカな！」ストームは思わず叫んだ。「見ろよ。これはコピーだぜ。証印も押してある。ということは、申請が記録され、地球に送信されたことになるじゃないか！」

「すいませんが、コンピューターは受け取っていないといってまして」

「送信されてないのか？」

「記録がないのです。申しわけありません。つぎの方、どうぞ」

「待った！」ストームは声をはりあげた。後ろに並んだ人びとの怒りのつぶやきが聞こえた。両手はふるえ、顔はまっ赤に染まった。たいていの偶発事には対処できるつもりでいたが、これは想像を絶していた。「申請の記録が地球へ行く途中でなくなったというのか？」

「いいえ、申請がなくなることはありません。送信プロセスは自動で、誤謬《ごびゅう》防止措置が取られています。申請が火星でなされているなら、記録はこのファイルに残っているはずで、なのに記録なし、従って申請なしです。失礼ですが、動いていただけますか？」

「しかし、ここにあるこのコピーはどうなるんだ？　申請番号だってついてる！　これで調べて――」

「調べました」カウンター奥のひ弱な姿が非難がましく、ほとんど詫《わ》びを入れるように彼を見つめ、呼び鈴《りん》をたたいた。チリーンとやさしい音がひびいた。ストームはふりかえった。警備員に襟首《えりくび》をつかまれ、荒っぽく出口を示されるのをなかば予期したが、代わりにしゃれた感じの管理者風の女が現れた。若々しく、見た目は三十くらいだが、目には温かみの欠けた棘《とげ》っぽい光があり、彼をさらにトラブルに巻きこみそうな予感がした。

「こんにちは。なにかお困りのことでも?」

「そうなんです」とストーム。「この申請の証明をお願いしてるんですが、こちらの男性がコンピューターに問い合わせたところ、そんな申請はここにはないといわれたそうで」

「でも、あなたは申請されたんでしょう?」

「しましたよ、もちろん! これが書類です」とストーム。官僚制の力がひしひしと身にせまるのが感じられ、喉もとが堅くしこった。「コンピューターのなにかエラーだと思うんです。それとも、ここにいる男がボタンの押しまちがいをしたのか。これを見てください」

女はストームのさしだす書類をちらりとながめ、氷河の芯《しん》のような笑みをうかべた。

「そうね、もちろんです、ミスタ……ああ……ストーム。いっしょに来てくださるなら調査してみましょう。ここは広すぎて具合が悪いでしょう?」

「どこへ行くんですか?」

「わたしのオフィスへ行くだけです、ミスタ・ストーム。広間を横切ったところです」

「ここで人を待ってるんですがね。若い女性です。そろそろ——」

「時間は取らせません。どうぞこちらへ」

相手は調子を合わせているだけ。自分のことをそこらの変わり者か犯罪者のように見ているのではないか。そんな気分がぬぐえぬまま、ストームはあとにつづいた。オフィスはせまく、家具も質素なもので、はいったとたん気が滅入《めい》った。

女はデスクのまえの椅子を手で示した。ストームは銀行でローンの申しこみをする男の心境になった。それも、とりわけ非情な副頭取が相手の交渉だ。デスクの名札はミス・ポゾルスキーとあった。ミス・ポゾルスキーは変わり者専門担当だろうか? ふと思った。

彼女はストームの申請書をひとわたり調べた。「完全に本物らしく見えますね」

「そのはずです。本物ですから」

「答えが出るように努力してみましょう。手はじめに再調査とか」

「お願いします」ストームはにこりともせずいった。

デスクのうしろには、職員が使っていたのと似たようなマシンがある。身じろぎもせず、呼吸もほとんど止めたまま、ストームは女が申請書を光るスキャナーのプレートに載せるのを見まもった。長い瞬間がかちこちと過ぎ、やがて長いテープがマシンからせりだした。今度はテープの文字をストームも読むことができた。そこには３２４とあった。

「これの意味は？」とストーム。

ミス・ポゾルスキーはきびしい目を向けた。「残念なことに、このような申請は記録にないということですね」

「しかし――」

「ちょっと待って、もうすこし調べてから。最初にすべきは、申請がまちがったところに整理されているケースです。十億にひとつの可能性ですが、そうであっても――」

「チェックの必要はありますね」ストームは乾ききった口で引き取った。

彼女はキーボードで何やら打ちだすと、申請書をふたたびスキャナー面に置いた。マシンは鈍《にぶ》い唸りを発している。待っているあいだ、彼女はストームの気を落ちつかせるようにいった。「むかし一度起こったことですが、申請のうちまだ六カ月未満だった一通が保管ドラムに送られてしまったことがあります。古くなった申請はここに保管されるのですが、あなたのももしかしたらそちらに――」

マシンからまたテープがすべりだした。ミス・ポゾルスキーが読んでいる。

「駄目ですか?」

「ええ。ここには見当たらないし、未決や退蔵《たいぞう》書類のなかにもありません。いいかえれば、どこにもないということです、ミスタ・ストーム」

「しかし……じゃ、どうして——?」

「別の角度からアタックしてみましょう」彼女は歯切れよくいった。「この書類には申請番号がふってありますね。この番号をチェックして何が出てくるか見てみますよ」

「お願いします」ストームは空《うつ》ろにいい、足もとの絨毯《じゅうたん》を見つめた。ミス・ポゾルスキーはきびきびとキーボードを打ちはじめ、ストームはこの茶番劇の渦中で平静を保とうと努めた。

今度はすこし時間がかかった。リズはもう来ているだろう。おもてのメインホールにいて、彼をさがしているにちがいない。まあ、いままで待ったことだし、それが数分のびたところで問題はあるまい。ミス・ポゾルスキーのオフィスを出るまえに、このごたごたをクリアするのが先決だ。

黄色いファクシミリ用紙がスロットからとびだした。ストームはデスクの向こうに突進して，紙をつかみたい欲求をかろうじておさえた。マニキュアされたミス・ポゾルスキーの指が紙を引き抜いた。

「ぼくの申請書でしょ？」

彼女はストームの用紙と新たな用紙を見比べ、眉根をけわしく寄せている。「いいえ」と彼女はおかしな声でいった。「ちがいますね」

「ちがうって？」

「ほら、自分でごらんなさい！」

わたされた用紙を比較するうち、ストームの困惑はますます深まった。二枚はあらゆる点でそっくりで、左上の六つの数字と四つの文字――印刷された市民番号までおなじ。どちらの書類も火星のオフィスでおなじ日に記録されている。時間証印も最後の十分の一秒の単位までおなじだった。唯一誤っているのは、書類が彼の書いたものではない点だった。空欄を埋めているのは別人の筆跡で、リチャード・F・マクダーモットの名があり、この男が採掘権を取った小惑星は火星軌道の内側――ストームの小惑星とは無関係の位置にあった。

「わからないいな。二人の人間がおなじ時間、おなじマシンにそれぞれ異なる二つの申請を出したといいたいんですか？」

「わたしは何もいってませんよ、ミスタ・ストーム。コンピューターの記録をお見せしているだけです。証拠をどう解釈するか迫られたら、あなたはなにかゲームを仕掛けようとしていらっしゃるとお答えするしかありませんね。お持ちになった申請書は有効そうですが、その可能性はなく、巧妙な偽造といっていいでしょう。でも、これを提示することで、あなたがどんな利益を得ようとしていたのか、わたしにはわかりません。なぜなら、この書類自体、元の申請の記録がなくては無効だからです。そして明らかに元の申請はなかったわけですね」

ストームは長いこと黙ってミス・ポゾルスキーを見つめた。お役所仕事にがんじがらめにされた心境だった。胸いっぱい息を吸いこんだが、息苦しさは残った。

「いいです」彼はとうとういった。「ここまでのことはまったくわかりませんが、それは省《はぶ》きます。ぜんぶ忘れてください。ぼくは申請を出していない。もともとそういいたかったんですね？」

「そうです。でも――」

彼は相手のことばをさえぎった。「じゃ、最初からやり直します。これまで小惑星帯で探鉱をやってたんですが、ちょっと面白いものを見つけたので、申請を出そうと思い立ちました。初回はマシンがへまをしたので、今回まったく新しく出します。許可をいただけますか？」

「もちろん」

「よければ、あなたのいる前で登録させてください。コンピューターがまたへまをしても、今度は立会人がいるわけですから」

彼女は冷たく笑った。「万事とどこおりなく行くと思いますよ。新規登録をなさりたいのだったら、こちらへどうぞ」

案内されたのはすぐとなりのオフィスだった。そこには火星にあったものと瓜二つのマシンが待っていた。ミス・ポゾルスキーをわきにおき、彼は苦労しいしい最初の書類に書いたすべてを書き写した。

終わると、彼女がストームの代わりに作動ボタンを押した。「あとすこしですからね。申請は記録されて、あなたにはその複写がわたります。確認のため、わたしが副署《ふくしよ》します。あとはただ時間の問題——」

ことばが止《や》んだ。彼の筆写した申請書がマシンからとびだした。おもてには大きな赤いスタンプで217の数字とXXの文字。

「なんですか、これは？」

ミス・ポゾルスキーは形容しようのない表情で彼を見つめた。「ミスタ・ストーム、あなたが最後に地球にいたのはいつごろですか？」

「二年ほどまえですが、どうして？」

「あなた、ご自分の市民番号を正しく書かれました？」

「もちろん。たしかです」

「身分証明書を見せていただけます？」

「すいませんが、これはどういうことなのか教えて――」

「身分証明書を」

小学校時代の女教師を思わせる命令にはとても逆らえなかった。ストームは否《いや》も応もなく書類をさしだした。ミス・ポゾルスキーは申請書に彼が書いた事項とコピーにある事項を見比べた。

「そう。そうね、数字はおなじです。けれども――」

「けれども、なんですか？」

「あなたの申請は217－XXの区分で戻ってきました。これはコンピューターにあなたの記録がないということです」

「記録がない？」合点《がてん》がいかずくりかえす。

「そうです」彼女はいままで以上にしげしげとストームをながめた。「この市民番号に合致するジョン・ストームは存在しません。ミスタ・ストーム、あなたがその名前でどんな悪ふざけを計画しているか想像もつきませんが、ここではそんなものを受けいれる余裕はないんです。不正な文書を持ちこんで、事務を混乱させたうえに――」

「返してくれ！」ストームは首締めされたような声で叫んだ。

ミス・ポゾルスキーの手にある書類をひったくる。彼女の目が燃えあがった。「どこへ行かれるんですか、ミスタ・ストーム？　その書類はすこし調べなければ！　このような精巧な偽造は――」

彼は速足でドアへと歩いた。息のつまる感覚はいまや圧倒的だった。彼女の威圧的な存在を前にしてはもう一瞬も耐えられなかった。

ストームの姿は混みあったメインホールに現れた。彼は足をとめ、途方に暮れた象のようにあたりを見まわした。

「ジョニー、ジョニー、ここにいたのね！」

リズだ。石のフロアに靴音をひびかせて、彼女はかけよってきた。顔は輝き、目は再会の涙にきらめいている。

「ジョニー！」

ストームは動かない。かけてきた彼女は、抱きしめるように腕をひろげた。だが、あと数ヤードのところで立ちどまり、彼を見あげた。

「ジョニー、どうしたの？　あなたの顔……あなた変よ」

「ぼくは存在していない」しゃがれた痺《しび》れたような声が出た。「連中によると、ぼくは存在しない人間だってさ！」

4

リズの励《はげ》ましで、二分ほどするとようやく彼は落ちついた。トラブルの内容を話せるようになるには、さらに二分を要した。彼女は理解できず、ぽかんと彼を見つめた。

「記録がないですって、ジョニー？」

「あの部屋の魔女はそういいはるんだ」

「ありえないわ、そんなこと！」

「そういってくれよ」

「じゃ、いっしょに会ってみましょう」

ストームはうなずいた。リズにほほえみかけると。その手を軽くにぎった。指は冷たかった。すこし痩《や》せ、すこし老けたように見えるが、そんな年齢ではない。手を離す。自分の存在が不確かになっているので、彼女にふれるのがこわくなってしまったのだ。

ミス・ポゾルスキーは待っていた。

「ああ、帰ってきましたね」と勝ち誇ったように。

ストームはうなずいた。「問題の核心を調べましょう」

「この人の身元はわたしが保証します。名前はジョン・ストーム。何年も前からの知りあいで――」とリズ。

「コンピューターに記録はありませんね」とミス・ポゾルスキー、「少なくともその名前と番号では」

「しかし、これはぼくの名前なんです」ストームは強情にいった。「ほんとうです。そして。これがぼくの市民番号。いいですか、コンピューターが誤った記録を残すことがたまにありますね。スキャナーも無謬《むびゅう》ではないわけです」

「わたしたちはそう考えてはいません」とミス・ポゾルスキー。「でも、あらためて調べてみましょう。どうなるかですね、ミスタ・ストーム」

オフィスのドアを閉め、二、三の部署と連絡をとると、役人たちが集まってきた。数分後には思案顔の男女が六人ほど顔をそろえ、ささやき声で問題を論じていた。

ストームは張りつめた顔で見まもった。困惑していることでは彼も役人たちと同様だが、それ以上に彼は心配していた。公的存在が認められない人間は、採掘申請を保持することはできない。公的存在が認められない人間は幽霊みたいなものだ。幽霊が小切手を現金化できるか？　幽霊がアパートを借りることができるか？　幽霊が職を持てるだろうか？

地球が人間で込みあい、毎秒毎秒さらなる勢いで増加をつづけている現在、個々人の動静を知る唯一の方法はコンピューターに頼ることだ。いまや誰もが生まれたときから番号を持ち、成長につれていろいろな番号を取得してゆく。人は番号の集合体である。病人も障害者も番号を持っている。囚人も番号を持っている。誕生時に死んだ赤ん坊も番号を持っている。誰もが番号を持っている。

誰もかも。ただし、ジョン・ストームを除いては。

彼はシステムから外れたのだ。地球上に群れる百二十億の人びとのなかで彼だけが市民番号なしの存在なのだ。こんな筋の通らない話はない。役人たちも青ざめ、不安げな表情で話しこんでいる。システム全体の安定性が、ひとりの異常な人間のために脅《おびや》かされているのだ。

中年もなかば過ぎと思われる丸顔の陰気な男がストームと向きあった。「地域主査のドウズといいます。書類を拝見させていただけますか？」

ストームがそのことばに従うと、またぞろ会議がはじまった。彼は頰の筋肉をひくつかせながら無感情に見つめた。

「ジョニー、むこうで何を見つけたの?」リズがささやき声できいた。

「いいものがいっぱい詰まった小惑星さ。直径八マイル。その全体が高品質の鉱脈なんだ」

「すごいじゃないの!」

「申請が拒絶されなければね」彼は暗い声でいった。

ドウズがやってきた。「この書類によると、あなたは二二九二年五月六日にお生まれですな。このとおりですか?」

「そうです」

「わたしどもでは二二九二年全体の出生の記録をチェックしてみました。念のため、九一年と九三年についてもチェックしました」

「時間を省《はぶ》きましょう。ぼくは九二年生まれです」

ドウズは肩をすくめた。「あなたの学歴、居住歴、納税記録もチェックします。もし何も出てこなければ——」

「出てこなければ、どうなるんですか?」ストームは緊張してきいた。

「わかりません」とドウズ。「単純にわからないのです、ミスタ・ストーム。まったくわかりません」

答えは十分あまりで出た。

　何ひとつ出てこなかった。

　コンピューター・バンクの知るかぎり、彼は生まれたこともなければ、学校へ行ったこともなく、住居を持ったことも、人口調査に記録されたことも、どんな税務局にも一セントたりと税を納めたこともなかった。入院したこともなければ、ワクチン接種を受けたことも、投票の経験もなかった。

「あんた、これを説明してくれ」とストーム。

　ドウズはあわてたようすで、唾をとばしながらまくしたてた。「二通りの解釈が考えられます。どちらもありえないことですが、可能性がゼロではないほうからいうと、コンピューターがスティッチをひとつ落とし、偶発的にあなたの記録をすべて消去してしまった。もうひとつは想像を絶したもので——すなわち、あなたの記録はもともとない。あなたはどこか別の世界から来た、というか得《え》体《たい》の知れない夢想の生き物で、それがはったりをかまして地球上で公的存在になろうとしている」

　ストームは冷たく笑った。「あなたはいちばんありそうな説明を見のがしていますよ、ミスタ・ドウズ」

「何ですかな？」

「ぼくの記録が干渉された可能性です。何者かがぼくの存在を抹消しようとした」

「ありえないことだ！　干渉対策も充分だし」

「そうですかね？　じゃ、ぼくの記録に何が起きたんですか？」

ドウズは血の気《け》の失《う》せた顔を向けた。「わたしにはわかりませんな。いったい誰が何の目的であなたの記録を――」

「いいですか、ぼくはいままで小惑星帯にいて、向こうで貴重な発見をしたんです。で、帰ってその発見を正式登録しようとしたところ、火星で出した仮申請がコンピューターから抹消されているばかりか、ぼく自身の存在も抹消されていることを知りました。これにうさんくさいものを感じる資格はぼくにはあります。ぼくは他の惑星の生物じゃない、そうであってたまるもんですか。ぼくは人間です、昨日まではその証明ができました」

「で、何者かがこの申請からあなたを切り離そうとしているとお考えなんですね、ミスタ・ストーム？」

「それが唯一考えられる答えです」

「あなたは宇宙では成功者として広く知られていましたか？」

ストームは首をふった。「誰にも漏らしていません。ここにいるミス・チェイスにメッセージは送りましたが、具体的なことは書きませんでした。なんにしても、これは自動ビームです。しかし気づいた人間がいる可能性はありますね。火星にいる誰か、ぼくが申請を提出した場所で……わかりません。わかっているのは、申請が認められた暁《あかつき》には自分は金持ちだということだけです」

「わかりますよ、ミスタ・ストーム。しかし――」

「いいですか、ぼくは申請が残るようなかたちで登録したいんです、身元証明などあとで考えればいい。肝心なのは申請が受理されることなんです」

「申しわけありませんが、申請を提出できるのは、存在が公式に認められた方だけでして、ミスタ・ストーム、コンピューターから見るかぎり、あなたは存在しないのです、あなた関連の書類を受けつけることはできません」

「しかし小惑星のほうは――」

「たいへん失礼ですが、きょうはもう時間です。明日いらしていただければ、あらためてうかがいます。東部主査も来ますので、みんなで解決策を考えましょう」

「もし誰かほかの人間がぼくの小惑星を朝までに取得してしまったら、どうする？」

「きょうはもう何も、ミスタ・ストーム。時間がきましたので」

グレイター・ニューヨークでは幽霊は肩身がせまい。ジョン・ストームは夜になってその事実を知った。彼の所持金は現金でたった五ドル、あとは旅行者小切手《トラベラーズ・チェック》である。しかし小切手を現金化するには、コンピューターに署名と市民番号を認証してもらう必要がある。ストームは現金化を試すことさえしなかった。彼はリズに十ドル借り、彼がふたたび現実の存在にもどるまで様子をみることにした。

また彼には夜の宿泊所もなかった。これは合法的な宿泊所という意味である。市民番号のない人間には泊まる場所もないのだった。

「わたしのところに連れていけたらね、ダーリン。だけど、ルームメートのヘリーンはショックを受けると思うの。部屋だってわたしとヘリーンでいっぱいいっぱいだし——」

「なんとかなるさ。大学時代の友人をさがすよ、ネッド・ライアンズか誰か。しょうがなければフロアで寝てもいい」

二人はカフェテリアを見つけ、陰気な軽食をすますと、電話帳を調べはじめた。結局ストームの友人はひとりも電話帳に見つからなかった。(そりゃそうだ)と彼は思う、(みんなユニヴァーサル探鉱に就職し、ティエラ・デル・フエゴに引っ越していったのだ)

クラスメートたちはこの二年の歳月に世界中に散り散りになったように思われた。侘《わび》しさがひしひしと身にせまった。さいわいリズはまだ身近にいて自分を迎えてくれる。小惑星帯では二年間のひとり暮らしに耐える自信はあったが、グレイター・ニューヨークではそこまでの勇気はなかった。ここではひとたび孤独になったら、まったく孤立無援なのだ。

「あなたが泊まる場所を見つけるわ」とリズ。

「どこに?」

「ヘリーンのボーイフレンド。彼が泊めてくれると思うわ。だいじょうぶ」

映話を二つかけ、話がついた。ストームには一夜の宿が見つかったわけで、それがささやかな慰《なぐさ》めとなった。

「食事にする?」とリズ。「どこかキラキラしたところ。あなたの帰還を祝って」

「あまりお祝いをする心境じゃないな」

「機嫌をなおして! 朝になったら、このバカな問題を解決しましょう。そしたら次には、あなたの小惑星の申請を出して、あなたがお金持ちの有名人になれば、いま抱えているトラブルはナンセンスのかたまりに見えてくるわ。その小惑星はどこにあるの? 教えて!」

彼は夜空を見上げた。街の明るさと靄《もや》のせいで星々は見えない。ストームは目を細めて火星の赤い点をさがしたが、見つからなかった。「わからない」と疲れた声でいい、片手をふりあげる。「この空をずっと行ったところ。空のどこかさ。ただの岩の集合体なんだ」

「あなたの岩の集合体ね、ジョニー」

「まだ自分のものだという確信が持てないよ」

リズはきっと彼を見つめた。「ジョニー、あなた、ほんとに誰にも話していないという自信ある？」

「自信はあるよ、たしかだ」彼女の手をとると軽くにぎり、弱々しい笑みをうかべた。疲労が重なったので、ほほえむことすら一《ひと》苦労だった。やつらの手はせまっている。なのに《やつら》が何者かさえも知らないのだ。《やつら》は彼の申請をにぎりつぶし、彼の存在を抹消し、彼の小惑星を盗もうとしている。

ストームは頭《かぶり》をふり、理不尽な思いをふりはらおうとした。まるで鈎爪《かぎつめ》をもつ害虫のように、思いはふたたび彼の脳に這《は》いもどった。大きく息を吸う。

「すこし歩こう。街にはご無沙汰だったし、歩いて、どこかで食事して、それからショウでも観《み》よう」

「お好きなように」とリズ。「久しぶりの地球ですものね」

はじめ二人は歩いた。通りを歩くのは気持ちよく、都会の明るさ、活気、通行人、なにもかもが心をおどらせた。頭上をゆく通勤ヘリの明かり、ヨーロッパへ向かう成層圏ロケットの耳ざわりな爆音、頼もしい地球の重力、となりを行くリズの温かみ、喧騒、ゴミ、混雑——そのなかにふたたび身をひたすのはすばらしいことだった。

だが苦渋《くじゅう》と緊張は消えず、心の平静につねに横やりを入れた。まわりにいるのは人、人、人——何百万、何十億という群集、その総体のなかでもっとも卑《いや》しく、もっとも不潔で、もっとも醜《みにく》い人間さえ番号を持っている、公的実在性をそなえているのだ。

しかし、ジョン・ストームに番号はない。

人が手足を失うように、彼は身元を証明する手段をなくしてしまった。市民番号がなくては、申請の提出も登録もできない。採掘権が宙ぶらりん、登録が早いもの勝ちであるかぎり、ストームの全未来は不確定なのだ。

おのれの人生に忍びこんできた不条理に、彼は腹がたってならなかった。サイコロでラッキーな目が出るのは運次第。彼はそのギャンブルに乗りだし、サイコロはいい目を出し、小惑星帯で幸運をつかんだ。ところが帰ってみると、ゲームのルールは何者かによって変えられており、テーブルは消え、サイコロは丸くなり、幸運は勝手にキャンセルされ——ばかな、これはひどすぎる、こんなものをほっておけるか。

「ジョニー?」

「なに?」

「もうこの件で考えるのはやめなさい!」

「それができればね」

「空を見て。星を。あそこにあるのよ、ジョニー、あなたの小惑星が」

「煙と靄しか見えないよ」

「あそこにあるし、いまでもあなたが持主なのよ」

「ちがう、やつらはそれをぼくから取りあげようとしてる。なのに、やつらが何者であるかも知らないんだ!」

リズはなにかいいかけたが、それをやめ、あらためて口をひらいた。「レストランがある。わたし、おなかぺこぺこ!」

「こっちもだ」ストームは嘘をついた。「食おうぜ」

二人は中にはいった。そこはいわゆる〝火星〟レストランで、リズの話によれば、近ごろはどこの街にもあるという。内装は赤い砂漠の壁画に囲まれたイミテーション火星。メニューの表紙にはマーズヴィルのスケッチがある。だが、それは未来の理想化されたマーズヴィルだ。

マーズヴィルのほったて小屋や、そこで提供される泥水料理の話題は出さなかった。ストームは幻想を幻想のままでおくことにし、できるかぎり陽気に食事を終えると、法外な勘定を支払い、店を出た。

リズはつぎに彼を引っぱって3Dショウを観た。二人は二十分ほど列に並んで劇場にはいった。ショウはストームの見るかぎりある種のコメディらしかった。だがステージでおどけまわるリアルな人物たちの姿も、彼には百万マイルのかなたから観ているようにしか思えなかった。心はまったく離れたままで、プロットは意味をなさず、ジョークは空《うつ》ろにひびいた。

（連中のいうとおりかもしれない）と彼は思う。（おれはたぶん別世界からきた生き物なんだ。目下《もっか》この世界に属する存在ではないのだ）

真夜中に近いころ、彼はリズを自宅まで送った。ヘリーンもボーイフレンドといっしょに待っていた。ボーイフレンドは大きな製薬会社に勤める化学者だという。三人はストームを会話に引きこもうと、小惑星帯での体験についていろいろ質問したが、彼がうちとけず不機嫌なままなので、会話は自然に立ち消えとなった。

「疲れているの」リズが説明した。「きょう火星からもどったばかりでしょう。長い一日だったのよ」

三人は受けいれ、ストームはヘリーンの友人とともに別れた。とりあえずの宿泊先が確保されたわけである。

リズがいった。「明日ここで待ってる。いっしょにナイアックに行きましょう。応援するわ」

ストームは薄笑いをうかべた。手にはいるかぎりの助けが必要なことはわかっている。明日、彼を待ちうけているのは大仕事だ。自分の実在を証明しなければならないのだ。

5

登記所にはジョン・ストームの悩ましい問題を解決すべく、文書館の重鎮《じゅうちん》たちがすでに集結していた。そのなかにミス・ポゾルスキーの姿がないのに気づいて、ストームはすこし溜飲《りゅういん》を下げた。はっきりいえば、彼女は下っぱ役人である。これはドウズや彼のボスたちが解決することだ。

ストームは萎《な》える気力をふるいたたせた。体は疲れきっていた。長椅子では眠った気がせず、グレイター・ニューヨークの片方の端からもう一方の端への満員列車の旅は、エネルギーのほとんどをしぼりとっていた。彼は両肩をいからせると、重鎮たちを見すえ、こうたずねた。「それで、みなさんの評決は？　ぼくは存在するんですか、しないんですか？」

ドウズはいらだたしげに唇《くちびる》を鳴らした。「あなたの存在に疑問はありません、ミスタ・ストーム。あなたは明らかに存在している。われわれが問題にしているのはその記録がなくなっていることです」

「前例のないことだ」会議テーブルのかなたで骨ばった痩《や》せ男がいった。

「わけがわからん」と赤ら顔の小太り男。

「いままで記録にない人間が記録にのるには、手続きが必要です。たとえば数年まえの、あなたも憶《おぼ》えていると思うが、あの太平洋の島の住民の件がある。しかし、以前記録にあったと断言される方が、ふたたびその記録にのるためには――」

「書類は手もとにあります」とストーム。「これがみんな偽物《にせもの》だというんですか？」

「それは解析しました。すべて本物でした。でなければ、かつてない精巧さで作られた偽物ですな」

ストームは大きく息を吸いこんだ。「証拠不充分なら、推定無罪というのはどうでしょう？　本物と認めるんです」

「しかしその場合、コンピューター・ファイルの相関事項はどうなる？」と骨ばった痩せがいった。

「それはぼくの記録がマスター・ファイルから故意に丹念《たんねん》に消されたということじゃないでしょうか？」

「そんな話は聞いたこともない！」

「その聞いたこともないという話をいま聞いているような気がしますね」とストーム。

「まったく不可能なわけじゃないでしょう? 事務官には賄賂《わいろ》をつかえばいいし、コンピューター・ファイルを消すのはむずかしくない。各項目は酸でエッチングされているわけじゃなく、データは誰でもアクセスできる。要するに消去キーを押せばいいだけで——」

役人たちは目くばせをかわした。彼らの恐怖がストームにも呑みこめてきた。システムの水ももらさぬ密閉構造に穴がぽっかりと口をあけたのだ。大型コンピューターが通り抜けられるような巨大な穴——しかも何が起こったのか、彼らにはさっぱり理解できないのだ。昨夜ぐっすり眠れなかった人間は、ストームひとりではなかった。

重鎮のひとりの声が聞こえた。「彼の再登録には新しい手続きが必要だな」

「しかし書類は——」

「本物だ。それは疑いない」

「で、申請は?」とストーム。「ぼくの採掘権申請はどうなるんですか? このごたごたがつづいている隙《すき》に、別の誰かが申請しちゃったとしたら?」

「それは調査します」とドウズ。

「じゃ、ぼくの話がほんとうだと信じてくれてるんですね?」もつれた論理に切り口がひらかれ、ストームは目のくらむような快感をおぼえた。

ドウズは肩をすくめた。「たしかにここにはなにか変則的なことが生じている痕跡《こんせき》が認められますな。あなたの立ち位置に他人がずれこんで、あなたと入れ替わっているケースが数例。しかし仕事は不完全です。たとえば大学在籍記録ですが、あなたの卒業クラスは1132なのに、見つかるのは1131までで、あなたのクラスは存在していない」

「ほらね？」ストームは勝ち誇って叫んだ。「ぼくはそれをいってるんですよ！　たしかに贈賄《ぞうわい》が関係している！」

「あまり深入りするな、ドウズ」赤ら顔の小太りから警告の声がとんだ。ストームは赤ら顔の小太りが見た目よりかなり薄情そうな印象を受けた。「ミスタ・ストームのためになにか考えてやらなくてはいけないな」

やがてミスタ・ストームのために、ひとつの考えがかたちをとった。

それには半日かかった。ストームは待合室で疲れた足を休め、リズととぎれがちな会話をかわし、読むでもなくニュースファックスに目をとおし、通路を行ったり来たりした。しばらくして使者が現れた。懐《なつ》かしのミス・ポゾルスキーで、どうやらこの悩ましい問題は行政部からずっと下層にまで降りてきたらしい。「新しい市民カードを交付します」ミス・ポゾルスキーはきびきびといった。「番号は前とおなじですが、星印《アステリスク》によって再交付と判定されます。こんなエラーがどうして起こったのか、わたしどもとしても万全を尽くして調査したいと思っています」

「で、ぼくの採掘申請なんですが」とストーム。「そちらはどうなりますか?」

「申しわけありませんが、あなたの市民権が回復してから、再申請していただかなくてはいけませんね。一時間とはかからないはずで、そうしたら申請が可能となります」

「しかし、ぼくが最初に登録してから一カ月以上になるんですよ。もしぼくの最初の申請以後、だれかが申請を出していたら? だれが権利を持っているんでしょう?」

ミス・ポゾルスキーは当惑顔になった。「それは上層部で扱う問題になりますが、もし――」

「いいです、いいです。わざわざ訊いてすいません」

ミス・ポゾルスキーは奥に引っこんだ。ストームはリズをふりかえり、リズはほほえみを返した。「どうしてそんな楽しそうな顔ができるんだ? こっちは身元の証明で四苦八苦しているのに」

「証明書は出してもらえるんでしょ?」

しぶしぶ出すのさ。連中にすれば、ぼくが死んでしまったほうがはるかに幸福なんだ」

「それは違います」リズがまじめくさった厳粛《げんしゆく》さを見せていった。「お役人たちがあなたの存在を面倒がって、国勢調査記録から抹消しようとしている。だとしたら、記録からこぼれ落ちた人間をどうしてわざわざ抹消するの？　お役人たちにすれば、もっと頭が痛いのは、ほかの――」

「そうだね」とストーム。「いま頭が痛いのはぼくのほうだ。どうしてこんなことが起きたんだろう？　なぜ静かに故郷に帰って、すんなり採掘権を受けとれなかったんだろう？　こんな茶番はまっぴらだ。おんぼろバケツで小惑星帯をうろつきまわるだけでも大変なのに」

「その茶番ももうじき終わるわ」リズが慰《なぐさ》めた。「市民番号も帰ってきて、申請書もなにもかも元通りになるわ、ダーリン」

ストームは落ち着いた。リズがまるで子供を諭《さと》すように話しているのもうすうす感じていたが、それも仕方がないと思いなおした。いままでドラムのように堅く締め上げられていたのだ。すべて疲れと緊張のせいなのである。彼女のことばは正しい。茶番はもうじき終わる。そして実情を考えてみれば、彼の小惑星に行きあたった者はいない。小惑星は無数にあり、調べつくすには幾世紀もの歳月《さいげつ》がかかるのだ。

その一方、このいやがらせを仕組んだのは何者なのか？　たんなるいたずらではありえない。彼の身元を消し去ろうと真剣に考えた者がおり、それが採掘権申請と何らかのかたちでつながっていることは大いにありうる。気持ちのいい考えではなかった。座りなおすと、ニュースファックスを苛立《いらだ》ったようすでめくり、株を持ったことはなかったが、株式市況を食いいるように読み、待ち、気もそぞろに歩きまわり、さらに待つうち、ミス・ポゾルスキーが新たに印刷された書類を手に、プロらしい輝くような笑みをうかべて現れた。

「おめでとう」と彼は声に出しておのれを祝福した。「存在をとりもどしたぞ、ジョニー」

二人はシティの中心部へ引き返した。ストームはほとんど口をきかなかった。思わぬ障壁にぶつかり、その影響が意外に大きかったのだ。体じゅうの神経が安らぎを求めて絶叫していた。しかし採掘権が無事認められるまで、真《しん》の安らぎが訪れないこともわかっていた。

それだけの値打ちはあったのか？　と彼は思う。

二年間の地獄の果てに、どっぷりと浸《つ》かり、おまけに昨日の混乱。いま彼は正体不明の敵とシャドウ・ボクシングしながら、自分の発見がほんとうに自分のものかどうかもわからない。

一攫千金《いっかくせんきん》の夢を捨て、ドノヴァンにイエスといって仕事を取ればどれほど楽だったことか。いまごろはリズと結婚し、赤んぼうにも恵まれ、銀行には預金もそれなり。ところが、いまの彼は莫大《ばくだい》な負債を負い、限度を越えて困憊《こんぱい》し、人生で確かなものは何もつかめないでいる。

だが、そこで小惑星の発見とそれがもたらす自由に思いがとんだ。自分の実験室をどこかに持ち、無限のレジャーを享受し、あらゆる商業的その他のプレッシャーから完全な独立が勝ち取れる。哀れなチェスの駒《こま》のようにばかげた仕事で大陸から大陸へ飛ばされることもなく、自由に動くことができるのだ。

もし。もし。もし——

地下鉄を出て、エスカレーターで地上レベルに出た。

「バドのところへ寄って、自分のものを取ってくるよ」とストーム。「そのあと部屋を借りる。ようやく存在が認められたからね」笑った。「はずれ者になったら結婚もできやしない」

リズが盗み目をした。「あら？　結婚する気になったの？」

「いい考えだと思ったんだ」

「わたしもそう思った」とリズ。「二年前にね」

「いまは？」

「考えをまとめなくちゃ。状況を評価する必要があるのよ。人は二年でいろいろ変わるわ。まだ愛してるとわかるには、どうしたらいいの？」

「そのふりをするのさ」

「そんなのめちゃくちゃだわ！」リズはくすくす笑いだした。「大ばかさん、ずっと待っていたのよ！　きょう許可を取りましょう」

「いやだね。まる一日お役所仕事とつきあって、きょうはもうたくさんなんだ。あした取りに行こう。そうすれば――おーっと！」

とつぜん彼は体をまわした。車が急カーブで接近していたのだ。フロントがししっ鼻の黒リムジンで、マニュアル運転に頼っている。車が二人のいる歩道の側に曲がると同時に、漠然《ばくぜん》とした直感によってストームは行動に出た。

「ジョニー、何――」

リズの体をつかんで、手近なビルのドアに向かって投げとばす。空気フィールドが破れ、リズは内部にころがり、見えなくなった。つぎの瞬間、ストームも身をおどらせた。

ドアをかたちづくる帯電した空気のオゾン臭をかぎながら落下すると、勢いでフロアをすべり、つっぷした。

行動に要した時間はわずか二秒半弱。黒リムジンに乗った側も、さぞや忙しかっただろう。つや消しウィンドウがするすると降り、高速オートマチックの醜《みにく》い鼻づらが現れた。

銃弾が壁にとびちり、数秒まえリズとストームの立っていた空間を貫いた。ほとばしる銃弾はドア口を掃射《そうしゃ》し、ビルの裏手に抜けた。

悲鳴があがった。ストームの眼前で、灼《や》けた弾丸はロビーのフロアをえぐって飛んだ。人びとは逃げまどい、パニックのかぎりに叫んでいる。リズはと見ると、すりむいた肘《ひじ》をさすりながら上体を起こし、呆然《ぼうぜん》とすわっている。

慎重に立ちあがる。冷や汗がチュニックの脇の下を流れ、体がふるえだしているのに気づいた。遅延反応が起こったのだ。おぼつかない足でドアに歩み寄ると、おもてをのぞいた。

死の車は消えていた。暗殺者たちはとっくに行くえをくらましているだろう。ビルの壁にははがれ落ちた破片がずらりと並んでいる。警官たちの姿が見え、人だかりができはじめた。

「何があったんだ？」ひとりの警官が誰にともなくたずねた。

「弾丸が！」と通行人から声が上がった。

「車から……銃で――」

「わたしたちに向かって撃ってきたの！」

ストームは周囲の声を黙殺した。逃げ去る車のあとを追うように陰気な顔でかなたを見つめている。となりにいるリズの存在が意識された。リズの顔は青ざめ、目は恐怖に見開かれている。

「ジョニー、あなたを狙ったんだ」

「いや、狙ったんじゃないわ！」

「なにかの間違いでしょ？　ギャング団の処刑で別の誰かと勘違《かん》いしたのよ」

「違う」と彼はいったが、声は自分の耳にも金属的にひびいた。「ぼくを狙ったんだ」

「誰が？」

「神のみぞ知るさ。だが、ぼくを狙ったのはたしかだ。記録から抹消するだけでは足りず、もっと恒久的に除去しようとしたんだ」

リズを見下ろす。彼女は唇を嚙《か》みながら、涙をこらえている。

「でも……でも、なぜあなたを狙う人がいるの？　あなたが何をしたというの、ジョニ

―?」

「小惑星をひとつ見つけた。これで大儲けができる。というか、そこまではいかないかもしれないが、けっこうな金になると思う。殺しのターゲットになるくらいの金にはね。さっぱりわからないよ、リズ」

警官たちが群集のなかに分けいり、質問をぶつけている。自分の番が来ると、ストームは肩をすくめ、そっけなく答えた。「近づいた車から銃撃を受けました。それだけです。ぼくらは終わるまでしゃがんでいました」

「相手の顔は見なかった?」

「見たのはウィンドウから突きでた銃口だけです。細かい部分までは気づきませんでした」

車がおそらく彼を追っていたことや、銃の狙いが自分ひとりだったことはわざわざ話さなかった。警察の保護も頼まなかった。繁文縟礼《はんぶんじょくれい》の網のなかへ引きもどされるのはもうまっぴらだったのだ。

地元当局をわずらわせないまま、彼は決断を下したのである。

「これからどうするの、ジョニー?」リズが心配そうにきいた。

「きみがご機嫌斜めになりそうなことさ」

「なによ?」

「火星へもどる」

「火星? どうして、ジョニー?」

ストームは肩をすくめた。「申請は火星で出した。あの申請がどうなったかはっきり知りたいし、ほかの疑問の答えもぜんぶ火星にあると思うんだ」

「行っちゃ駄目、ジョニー!」

「ここにとどまって殺されるのを待つのかい? そうならずに採掘権をなくし、生き永らえるのか?」

「それだけの価値はないわ」

「価値は大ありさ。行って確かめなきゃ」

「それじゃわたしも行く!」

「バカなことをいうな」思わず叱声《しっせい》がとび、すぐに後悔した。「宇宙は女性にとってはひどいところなんだ。あっちへ行ったら、きみの安全は保証できない。ぼくらのリスクはへたをすれば……そう、五十倍から百倍にふくれあがる。駄目なんだ、リズ」

「またわたしを置き去りにするのね。また二年行ってしまうんでしょ?」

「リズ、お願いだから——」彼女に通じることばをさがしたが、なにも見つからず、乱暴に唇を嚙んだ。神経はすりきれそうだ。リズは自分を地球に引きとめたい。結婚し、パタゴニアの階層式のわが家《や》に落ち着きたがっている。彼がまた宇宙に出ていけば、やさしい笑みはうかべないだろう。

だが、行かなければならない。答えは火星にあるのだ。

彼女は涙のたまった目で長いこと彼を見つめた。「行くんでしょ、やっぱり?」

「ほかに道はないからね」

「もしあっちで殺されたら?」

ビルの壁に整然と並ぶ弾痕《だんこん》を指さし、「地球にいたってそう安全とは思えないよ」

「わかった。行きなさい。火星へ行って、さがしものを見つけたらいいわ。ただ今度は帰ったとき、わたしが待っている保証はできないわよ。もし帰ってきてもね」

「リズ!」

だが彼女は行ってしまった。楚々《そそ》とした後ろ姿をすこしのあいだ見送ったが、やがてその姿は角《かど》を曲がり、見えなくなった。ストームは弾痕にふたたび目をやると、首をふり、黒リムジンの存在に気をくばりながら、その場を去った。

6

あくる日、彼は火星行きの定期船に乗った。

地球に帰ったときとおなじマーシャン・エンプレス号で、いまの有利な軌道条件をカバーしようとすぐさま取って返すのである。燃料補給と整備を二日間ですませ、エンプレス号は離昇《りしょう》の準備を終え、ジョン・ストームの心ももはや揺るがなかった。クルーの半分はおなじで、彼の顔を憶《おぼ》えている者も二人ばかりいた。「通勤ですか?」との質問も受けた。

彼は面白くもなさそうに答えた。「あんまり快適だったんで、もう一度しようと思ったんだ」心境は楽しいどころではなかった。火星への旅は金食い虫の旅である。すでに彼は将来の稼ぎの二、三年分を注《つ》ぎこんでいるのだ。チケットを買うのにまたローンを受けなければならず、もし採掘申請になにかがあれば、一生負債をせおって人生を過ごす羽目になる。もちろん小惑星がほんとうに彼のものだと認定されれば、つまらない五桁《けた》の数字など気にかけずにすむ。だが確かなものはどこにもないのだ。

とりあえずは生きていて船に乗れるだけでもラッキーだと思うことにした。コンピューター・ファイルから彼の記録をはずし、ドジな殺し屋をさしむけた相手が何者であるにせよ、それは広大な領域に網をはる組織だろうし、襲来がこれで終わらないのは確かなことだ。

殺し屋はまだ来ていない。もちろん、予防策は思いつくかぎり取っている。しかし、これで万全という自信はなかった。彼らは自分を生かしておくことに決めたのか？　火星に着くまで邪魔をせず、そちらで思うように扱うつもりなのか？　それとも彼の動きに興味があって、つぎにどう出るか見ようとしているのか？

ストームには想像もつかなかった。人生はとつぜん込みいったものとなり、わけのわからぬ権力闘争の駒《こま》となった心境だった。しかしいまは乗船し、火星に向かおうとしている。敵が途中で、この定期船を爆破しようとでも考えないかぎり、向こうには無事に着く。

リズの見送りがないのは最悪だ、と彼は思う。すこし時間がたてば落ち着くだろうと甘く見ていたのである。根は分別のある女だ。おそらく疲れが出たのだろう。銃撃されれば誰だって神経をやられる。

舷窓《げんそう》から憂鬱《ゆううつ》な目で外部をのぞく。火星が銅貨のように光っている。巨大惑星・木星はいま太陽系の向こう側なので見えない。しかし土星は行儀よく軸をかしげ、華麗なリングのながめを観光客向けに見せている。

地球をさがすことはしなかった。地球を見るには後部に移動する必要があるし、当面、地球はもうたくさんという心境だったからである。しばらく火星を見つめ、二つの月をちゃんと見分けられたように想像した。もちろん、ごくごく近くまで行かなければこれらの衛星が見えないことはわかっている。だが彼の疲れた心の目には赤い惑星をぐるぐるめぐる二つの粒、ダイモスとフォボスが見えるのだった。彼は自分のバカさ加減を笑おうとし、笑いを長いこと忘れていた顔筋《がんきん》のとまどいを感じた。

マーズヴィル登記所の男は、近視にでもなったように目を細めた。「もうもどったのか？」

「悪いか？」

「また会えるかと思ってさ。あんた前にここで小惑星の採掘申請を出しただろう、はん？」

ストームの胸を緊張がしめあげた。「だからもどったんだ。それについて訊きたいことがある」

薄いブルーの目がとつぜん宇宙空間のように冷たくなった。「意味がわからんね、ミスタ」

ストームは身を乗りだした。あたりには男とストームがいるほか、マシンがあるばかり。

「地球に帰ってから申請書を見たんだ。ここのコンピューターを通ってなかった」

「ばかな！　そんなことがあるかい！」

「役所の人間もそういったよ。おれの申請番号を調べて、おなじ番号でマクダーモットとかいう男が申請を出していることがわかった。こっちの申請はなくなってた」

「ありえんことだ！」

「そう、ありえんことさ。それで頼みたいんだが、ちょっと前の記録のなかで、おれの申請がどこかにまぎれこんでいないか調べてもらえないかな？」

「ああ、そりゃあ無理だわ、ミスタ」

「ほう？」

「登記係の許可がなくちゃあ、みだりに見せられんのよ」

「その登記係というのはどこにいるんだ？」

「さあ、どこにいるかな。いまは待つしかないね。あいつは自分でも探鉱をはじめて、大シルティスあたりをほっつき歩いてるんだ。今月末にはもどるだろう。あいつならわかる」

ストームは顔をしかめた。「ほかにいないのか?」

「まあ、登記係代行ならオーケイだと思うが――」

はりあいのないことおびただしい。「そいつはどこなんだ?」ストームは苛立《いらだ》ちを必死におさえこんだ。

「ここにいるよ、ミスタ。おれさ」

「それなら十分前にそういったらどうなんだ?」

「訊かないからさ」

「じゃ、いま訊く。ここの登記記録を見る許可がほしい」

男は微笑した。ブルーの目には、いまやいたずらっぽい光がある。「すまんね。却下だ」

「なんだって?」

「そうさ。外来者がみだりにここの記録をかきまわすことはできないんだ。登記係と話したいといったね。登記係だっていうことはおなじさ。ちょっとどいてくれないか?

仕事があるんだ。申請も処理しなきゃならんし」

ストームは小男を見つめ、我慢の限界にきているのを感じた。意気揚々《ようよう》とやってきたあげく、さんざんプライドを傷つけられ、感情的にはもう満杯《まんぱい》だった。相手は賄賂《わいろ》を狙っているのか？

「いいか、ここに五十ドルある。記録を見せてくれれば、これをやる」とストームはいった。

「よせやい。買収はきくが、そんなビタ銭《せん》じゃ乗らんぜ」

あからさまな語句が導火線に火をつけた。気づく間もなくストームは行動に出ていた。大きな両手が伸び、男の細首にからまった。「待て……喉が――」

「うるさい。もう我慢しないぜ！」食いしばった歯の隙間《すきま》から声がもれた。指に力をこめる。怒りに腕がふるえ、小男を乱暴に揺すった。「いるのはおれたちだけだ。きさまの首を落としても、誰にもばれやしない」

「た……頼むから！」

「いうことを聞くか？」

「う、うん」

「本気か？」

「う、うん」

ストームは男をもう一度たっぷり揺さぶり、解放した。小男は首をさすりながら、あとじさった。

「ひでえぜ、ミスタ」かすれ声でささやく。「殺す気かよ？　くそ！」

ストームは答えない。感情の爆発に体がふるえていた。彼のなかにはすさまじい力が眠っている。だが人を傷つけるのがこわく、その力をずっと抑制してきた。代行の首の骨を折るくらい何の造作《ぞうさ》もなかっただろう。彼が怒りにまかせて最後に両手を使ったのは十歳のときだ。

「わかったよ」と代行。「見せてやる。ただざっさと見てくれ。もし誰かが、登記記録を見たかと訊いたら、おれが見せたといわないでほしいな」

「早く」とストーム。「とっとと出せ！」

小柄な代行はうなずいた。まだ喉をさすりながらマシンのひとつに向かうと、コードを打ちはじめた。スクリーンが明るくなった。

「何月？」と代行。

ストームは教え、自分の複写紙にある番号を伝えた。

マイクロリールは回転をつづけ、つぎつぎと申請が画面に現れた。ストームはいちいち文面を調べ、数字はしだいに自分の番号に近づいた。

「ようし」とストーム。「もうすこしゆっくり。そろそろおれの番号だ」

リールの動きが鈍った。それぞれの申請書がいまやたっぷり五秒ずつ画面にとどまっている。数字が自分の番号から10以内にはいるにつれ、緊張は高まり、5、3、1――

「これがあんたのだ」と男。「リールを止めるよ、いいだろ?」

拡大された申請書がスクリーンに現れた。胃の腑《ふ》に吐き気がこみあげ、現実感が遠ざかった。

書式はミス・ポゾルスキーが地球の文書館で見せたものと変わらない。数字も時間認証もおなじ。だが、それはリチャード・F・マクダーモットがまったく異なる小惑星に対して出した申請だった。

「それじゃない」とストーム。

「しかし、あんたが見せた番号はこれだぜ」

「おれが出したものじゃないことはわかっているはずだぞ!」

小男の体がわなわなと大きく揺れた。顔に浮きでた斑《まだら》は恐怖か後ろめたさか、それとも自責の念によるものか。「これをおれのとすり替えてるんだ!」

「なあ、ミスタ、登記記録を見せろというから見せたんだ。あんたの見たいものじゃなくたって、おれは知らんぜ」

「申請は出した。ジョン・ストームが名前だ。マクダーモットじゃない。申請書のコピーはここにある。おれが申請を出した日、あんたはこの登記所にいた。おれがここを出たあと、誰かがその申請をキャンセルして、偽物《にせもの》とすり替えた。その誰かとは、どういうやつなんだろうな」

「おれだと思っているのか、ミスタ?」

「なぜそう訊く?」ストームは吐きだすようにいった。「もう一度リールをまわせ。どこかに間違ってまぎれこんでないか調べたい」

ストームはファイルをもどさせ、申請の一カ月前まで調べた。収穫はなかった。ぶつぶつつぶやきながら、小男はファイルを先に進めた。ストームは口もとを閉じ、目を細め、けわしい表情で見つめた。口のなかの銅を噛《か》んでいるような味は怒りの味だ。怖れていたとおり、やつらは——それが何者であるにせよ——情報の源《みなもと》に着目し、申請を登記の時点から抹消したのだ。

ということは、誰かほかの人間があの小惑星の採掘申請を出したということなのか?

「たっぷり見たかね、ミスタ?」

「うるさい、黙ってつづけろ」とストーム。

なにが見えるか予測もつかないままに、ストームは画面を見つめた。と、見おぼえのあるものが目の前を通り過ぎ、思わず息をのみ、とびついた。「待て。もどしてくれ」

「なあ、ミスター――」

「もどせ。さもないと首の骨をへし折るぞ、くそっ！」どなり声が飛んだ。小男はいまや木《こ》の葉のようにふるえている。ボタンを押すと画面が変わり、一通の申請書が拡大されて現れた。

目をやった瞬間、背筋を冷たいものがかけぬけた。それは小惑星採掘の申請で、番号は彼のとおなじ、軌道座標もおなじなら、ほかのすべてもおなじだった。問題の小惑星――彼の小惑星――が彼自身の登記から六日後に登記され、受けいれられたことになる。申請者の名はクライド・エリンズ。

ついに明るみに出た。ひとつの小惑星をめぐってライバルが現れたのだ。先んじたわけではなく二番手だが、ストームの特権はいまや記録の欠如によって暗い影のなかにある。背後で何者かが糸をあやつっている。これが単純無害なミスではなく巧妙な欺瞞《ぎまん》行為で、彼がその被害者であることはもはや疑う余地はなかった。

小柄な男の顔は恐怖で鉛色《なまり》に変わっている。ストームは男をにらみつけ、問いつめた。

「このエリンズというのは誰だ?」

「や……鉱山師《やまし》だと思う」

「知りあいか？」

「そうじゃない」

「どこから来た？　まだ火星にいるのか？」

「はっきりとは知らないんだ、ミスタ」

ストームは立ちすくむ男に向かって身を乗りだした。威嚇《いかく》するように大きな手を左右に垂らし、拳《こぶし》を握りしめては開いている。

「正直に話したほうがいいぞ、生きてここから出たければな。エリンズはいくらでおれの申請とすり替えた？」

「ミスタ、あんた——」

「とっとと吐け！」

「あんたは勘違《かん》いしてる。彼は——」

ストームの分厚い手が細い喉首にのびた。だが小男は窒息はもうたくさんのようすで、両手を上げると、「いや、もういい！　やめてくれ！　話す！」

「で？」

薄い唇《くちびる》がつかのま支離滅裂に動き、やがて言葉になった。「せ……千ドルつかまされたんだ」しゃがれ声が出た。「あんたの申請を抜いて偽物とすり替えろって」

「いつ?」

「あれから一週間ほどたってからだ。キャッシュをポケットからつかみだして、その場で話をつけたよ」

「で何者なんだ、そのエリンズってのは?」

「あんた知らんのか?」

「知ってたら訊いちゃいない。何者だって?」

「こっちに出向してるUMCマンさ」男はストームの怒りにさわらないよう忍び笑いした。「いっとくが向こうは大物だぜ。太刀打《たちう》ちできる相手じゃないよ、ミスタ」

ストームは一瞬パニックに近いものを感じた。UMCが彼の申請を無効にしようとしている。UMCはユニヴァーサル探鉱カルテル——二年まえ彼にパタゴニアでの仕事を持ちかけた大企業である。ヒュドラのように多くの首を地球上に広げる組織で、三十年まえ、合衆国で反トラスト法が廃止されてのち勃興《ぼっこう》した新しいビジネス・ユニットのひとつだ。

カルテルは広大な領域を支配し、全能である。もしマスターコンピューター・ファイルにアクセスして、人の記録を勝手に削除できる存在があるとすれば、それはUMCだ。

もし人の暗殺を誰かが命じ、その寸前までこぎつける組織があるとしたら、それはUMCだ。

それにしても、なぜ？　ストームは不思議に思った。

彼の小惑星はなるほど一《ひと》財産にはなるが、カルテルの総資産に比べればバケツのなかの一滴に過ぎない。たかが小惑星一個を手に入れるために、なぜこれほどの手間をかけるのか？　ＵＭＣはそこまで資源には困窮《こんきゅう》していないはずだ。

「エリンズはいまどこなんだ？　まだ火星にいるのか？」ストームは問いつめた。

小男は肩をすくめた。「しばらく前にここに来たよ。新しい調査隊のために装備を揃えるんだと。それっきり顔を見てない」

「嘘じゃないな？」

「ああ、うん」小男は身を縮こめた。「もう乱暴はやめてくれ！」

「するものか！　そうする価値もない」彼は登記所のなかをつかのま歩き、つぎにどう出ようかと思案した。彼の申請にＵＭＣが横やりを入れている。回避する方法はなく、彼が申請を出したという証明もない。不正の証拠としてこの登記係代理を前面に引きだそうとすれば、証言する余裕もなくＵＭＣが始末するだろう。ＵＭＣの数十兆の富に対抗する法的手段はない。ストームは呆然《ぼうぜん》と気づいた。

彼は敵の手中に落ちたのだ。

残る道はあまりなく、あとは申請をあきらめて地球にもどり、彼の夢を奪ったUMCの別の部門におとなしく——ああ、これは痛い！——就職するだけ。

（いやだ）とストームは思った。（おれは戦う！　手持ちの駒ぜんぶを使って戦ってやる！）

オフィス・ドアが開いた。UMCの男たちかと思い、ストームはふりかえった。だが現れたのは、その風体《ふうてい》からしてひと目で鉱山師《やまし》とわかる男だった。日焼けした猫背の男で、ストームよりいくつか年上に見える。こちらに歩く途中、登記係代理に薄笑みを投げ、ストームにはにっこりと人なつっこくほほえんだ。男が来るまえ、ここで起こっていた険悪な事態にはまったく気づいていないようだ。

男は登記係代理を見やり、「やあ、ジェリー。こちらは？」

「ストームって鉱山師さ」いいながら首をさすったのは、浮きでたみみず腫《ば》れを見られたくないのだろう。

新来者はストームのほうを向き、節《ふし》くれだった手をつきだした。「名前はフレッチャーってんだ」気軽にいう。「サム・フレッチャー。小惑星帯《ベルト》に来て七年になるが、ようやく運がめぐってきたよ。ひと財産だ。どうだ、ジェリー？　申請書をくれ」

「どの辺で発見した？」とストーム。

「サブ7《セブン》ベルト」とフレッチャー。「リチウムたっぷりだ。ちっぽけなやつだがな。純度は高いし、十万はかたいね」

「しばらく前、おれもサブ7にいた」ストームは堅い口調でいった。

「めっけものは？」

「あったよ。だが申請でトラブって、その修正をしようとしてるとこなんだ」

フレッチャーは顔を上げて笑った。「トラブったって？　ま、昨日おれの見たやつがあんたの申請した小惑星じゃなきゃいいな」

「それはどういう意味だ？」

「待ってくれ。これをさっさと書いちまうから、そうしたら話してやる」

フレッチャーは実直に空欄を埋めてゆく。ストームは息をころして待った。やがて男は目を上げると、「サブ7から帰る途中、一個の小惑星の近くを通ったんだ。ちっぽけなやつさ。七、八マイルくらいかな。すると、そばにでかいUMCの船が浮かんでるじゃないか。小惑星の表面に噴射ロケットを取り付けてる。別の軌道に移す計画だ」

「UMCだって？　それはたしかか？」

「ま、連中とお茶を飲むほどいっしょにいたわけじゃないが、船の紋章は見てる。他人《ひと》の申請を妨害する気だ。ごまんと金のある会社が余計なことをしやがると思ったよ」

ストームは登記係の男にちらりと目をやった。小男は肩をすくめ、そっぽを向いた。

拳《こぶし》をかためながら、ストームはいった。「あんた、まだ船を持っているのか、フレッチャー？」

「ああ。どうして？　興味あるのか？」

ストームはうなずいた。「なるべく早く船がほしい」

「おれのは売らんよ。こいつでとぼとぼうちに帰るとこなんだ。宇宙港へもどって、そっちで売り手をさがしな。なんか見つかるはずだ。おーい、どうしてそう急ぐ？」

ストームの返事はなかった。そのときはすでに建物をとびだしていた。

7

宇宙港へ向かう途中、ストームはこれまで自分の身に起きた事件の断片を筋の通る話にまとめようとした。総合した結論はトラブルで、その規模は刻々と大きくなってゆく。彼の小惑星にはその所有権を主張するライバルがいる。

それは四方八方に手を広げる大企業ユニヴァーサル探鉱カルテルだ。その事実だけでもタオルを投げるには充分な圧力である。なぜなら、どんな種類の論争においても、UMCを屈服させた人間はいまだかつていないからだ。

UMCは彼の小惑星をひどくほしがっている。あまりの執着ぶりに、やっている事業全体が怪しく見えてくるほどだ。概してUMCはけちな盗みには関与しないはずだし、フリーランスの探鉱者を小惑星の登記記録から外すのは、UMCの財務標準からすれば、けちな盗みとおなじようなものだ。わずか数億ドルの鉱石を盗むためにここまで込みいった計画を立てるのは愚かしい。

論点——敵は火星の登記係を買収した。

論点——敵は地球のマスターコンピューターからストームの記録を抹消した。これにはけっこう経費がかかったにちがいない。

論点——フレッチャーによれば、敵はいまこの瞬間もストームの小惑星に噴射ロケットを設置して、別の軌道に乗せようとしている。

これは最悪だとストームは思う。現状では、小惑星に多少の所有権は主張できるにしても、いまやそれは風前《ふうぜん》のともしびだ。最初の登記のコピーはあるものの、法廷では論争の末、黙殺されてしまうだろう。記録がコンピューターから消されたという事実は否定できない。小惑星が彼のものであることは証拠をあげて主張できる。法廷でＵＭＣを出し抜く可能性は千にひとつだが、少なくとも事件にはなるだろう。

もしＵＭＣが小惑星の軌道を変えてしまったら、事件にもならない。宇宙空間における採掘権申請は軌道位置によって決定される。小惑星の絶対位置、それをいうなら、ほかすべての天体の絶対位置は、瞬間瞬間で変わっている。しかし、それらの軌道は不変である。

したがって小惑星に名札をつける唯一の方法は、その軌道を確定することだ。しかし軌道は不変ではない。軌道は偏向力で変わる。

重量五百キロの宇宙衛星の軌道は小さなロケットを使うことでたやすく変わる。地球自体、充分な力が与えられれば軌道改変は可能だ。

それが直径わずか八マイルのちっぽけな小惑星とあれば――

燃料もさしてかからない。ロケットの放列からのただ一度のすばやい噴射で事は終わる。数千トンの推力をかければ、小惑星の軌道を恒久的に変えることができる。しばらく推力をかけつづければ、小惑星を思いどおりのところに押していける。はるか冥王星の近傍《きんぼう》まで――燃料費をもつ気があればの話、だが。

もちろん、これには経費がかかる。これだけの推力を小惑星にかけるには、とてもひと握りの金では足りない。さらに装置の据付け場所は噴射の衝撃に耐える位置でなければならない。さもないと小惑星は粉々に砕けてしまう。そのため事業を進めるには、多少の建設工事と構造的補強があらかじめ必要となる。またロケットは金を食う。この仕事に使うのはかなり大きなやつだし、宇宙空間での労働は例のとおり高賃金だ。

小惑星を新しい軌道に乗せるだけで一千万か二千万、元の軌道から大きく遠ざけて、すべてを氷結させたければもっとかかる。仮に四千万としよう。ジョン・ストームにすれば法外な額だが、ＵＭＣのような大企業の規準からすれば、まあ、はした金だ。

たとえ経費が一億ドル、あるいは五億ドルに増えたとしても、ＵＭＣはやりぬくだろう。彼の小惑星をどこか別の軌道に移し、そこであらためて《発見》し、ストームの唾つけに汚されていないまったく新しい採掘権を登記する。いったん動かされたら、最後の審判の日までわめきちらしても覆《くつがえ》ることはない。なるほど、この引っ越し事業には目撃者が少なくともひとりいる。だが目撃者は買収できる。相手が誰だろうと買収は効《き》く。ストームの心は沈んだ。UMCはやむをえないとあれば地球人口の半分を買収できるのだ。

しかし、なぜだろう？

すべてを考えあわせると、かえってわからなくなる。ちっぽけな小惑星ひとつを奪うのに、なぜこれほど手間をかけるのか？　カルテルとしては、採掘権を取った段階でやっと五分五分の位置に立てる。そこでストームは気づいた。小惑星上にそれ以上の何かがある可能性だ。彼が見落としていた何か、カルテルのなりふりかまわぬ犯罪めいた活動とそれにかかる一切合財の経費を正当化する何か。

やはり自分はすぐ小惑星に向かわねばならない。彼はそう心に決めた。

中古宇宙船の売買業者《ディーラー》はマーズヴィル宇宙港の常設場所で相変わらず仕事に精出《せい》していた。五十代前半のずんぐりした二重あごの男で、青銅色に焼けた体は火星暮らしが長いことをうかがわせる。ここでは日ざしは弱いものの、薄い大気をとおしてじりじりと焼けるのだ。

男は怪訝《けげん》そうな顔でストームを見た。「あんた前にも来たな」

ストームはうなずいた。「先月おたくに一万五千で船を売った。ホーソーン113だ」

「憶《おぼ》えてるよ」

「用事を思いだしたんで戻ってきた。船が必要なんだ。まだあれば113がほしい」

「あれは売れた。いま在庫は少なくてね。122はどうだ？　六千だが、けっこういけるよ」

「もうすこし安いのがいいね」

「二千七百でマッキンタイアB8がある。コア部分を整備する必要はあるが、あとはしっかりしてる。お目にかけようか？」

「いまキャッシュで三千ドル持ってる」

「三千じゃ先端部《ノーズコーン》も買えんよ、相棒」

「副抵当もある」彼は申請書を取りだした。「サブ7のある小惑星の採掘権を取ったんだ。儲かりそうなものがざくざく埋まってる。だが法的問題が起こって、早急に再調査が必要になった。早く動かないと権利を失うし、確保できれば億万長者だ」

「で?」

「船を売ってくれ。三千は手付けで、残額は船を抵当にする。利率はそっちにまかせる。あと、おれの小惑星の先取り特権も持ってていい。ほしい書類にはぜんぶサインしてやる。とにかく船が要《い》るんだ」

ディーラーは値踏みするようにストームを見た。「あんた、おれを正気と思ってないね。船を売ったとして、あんたは小惑星帯へ出かけ、そっちで船をこわすかどうとかする。こっちはしょうもない先取り特権を持ってお手上げだ。これをどう始末してくれる?」

ストームのこめかみから冷や汗が流れだした。

「おれは宇宙に二年いたけど、そのあいだ無事故を通した」

「だとすれば平均化の法則からいって、分《ぶ》が悪くなるわけだ」

「条件はあんたにまかせるよ。こっちは切羽《せっぱ》つまってるんだ」

太った男は首をふった。「条件が何になるね? 小惑星帯からもどった時点で契約成立ってことで、一千万ドル返すと書類にサインしたはいいが、あんたは帰らず、契約はまとまらず、こっちは真空に向かって書類を振りかざしてるようなもんだ。うっうーん、お断わりだね、おれには家庭があるんだ」

「このくだらん惑星にそのリスクを引き受けてもいいっていう気概のあるやつはいないのか？」とストーム。

「いるよ。チャーリー・バードに会ってきな。市役所にいる。やつは市長だ。ギャンブルに目がない。やつに話して、やつが何というか聞いてみろ。話はそれからだ」

チャーリー・バードは鷹《たか》のような風貌のやせた男だった。贅肉《ぜいにく》は体のどこにもない。彼を見つけるのに、ストームはマーズヴィルの面積の半分をかけずりまわらねばならなかった。バードはコロニーのいちばん東のはずれで、下水道の工事を指揮していた。見上げるような大男で、身長は七フィート近いが、体重は地球で測っても七十キロそこそこだろう。歳は六十がらみとストームは見た。

「ミスタ・バード、あなたにお願いがありまして」とストームは切りだした。

「話ならいつでも聞くよ、お若いの」

頰をつたう汗を意識しながら、ストームは取引のことをのっぽの男に説明した。バードは無言で耳を傾けた。肉の落ちた鉤鼻《かぎばな》の顔に表情は読みとれない。興《きょう》がっているのか、うんざりしているのか、苛立《いらだ》ちか、それとも軽蔑か。ストームはこれほど謎めいた顔にいままで出会ったことがなかった。

話が終わると、バードはそっけなくいった。「その申請書とやらを見ようじゃないか」ストームは手わたした。バードは書類をつかのまながめ、返してよこした。

「大丈夫そうだな」とバード。ストームにはバードがいまの返事を軽く強めたように思われた。ここでバードがすべきは、公文書館を呼びだし、申請書の真偽を確かめればいいだけである。そうすれば、書類が正式に受け取られたものでないことが明らかになる。これでストームの運命は決まり、それでも行きたければ、小惑星まで歩かなければならない。

長い瞬間が過ぎた。ストームが見たところバードはたしかに疑ったようだが、けっきょく賭けに出ることにしたのだろう、やがてこういった。「あんたは二万入り用だといった。そうだな?」

「はい」

「高利についてはどう思う? 冷静な目で見て、あんたは反対の立場か?」

「いまは金がほしいだけです」

「ようし、わかった。二万貸そう。年利は十五パーセント、端数《はすう》もその割合で行く。来年中に返せば二万三千だ。それでどうだ?」

「文句ないです」

「で、副抵当だが、船の権利については、もちろんあんたのサインが必要だ。しかし、それとは別に、わたしが負う余分なリスクもある。あんたはこの書類やその他もろもろの採掘権の申請であがる利益から借金を返すと約束した。そのうち最初にあがる二万は、そちらに債務不履行《ふりこう》があった場合、利息も含めてわたしのものだ。異議はあるかね？」

「ありません」

バードははじめて笑みをうかべた。「わかってるかな、お若いの？　わたしらは二人とも救いようのない大バカ者だ。あんたは見てのとおり、すすんで借金地獄に落ちる大まぬけだし、わたしは儲かりそうもない博打《ばくち》に金を貸す大たわけだ。しかし取引は取引だ。あと三十分待ってくれ、これを書類にまとめちまうから」

ストームはうなずいた。「早ければ早いほどいいです」


手にはいった船はホーソーン117だった。ひとり乗りで、はじめ宇宙に出たときのものよりさらに小さい。コンパクトに輝く弾丸型で、全長は二十フィートそこそこ。人間ひとりと、噴射ノズル、予備燃料を置く棚を除けば、ほか何をいれるスペースもない。ストームは気にしなかった。いまは豪華な定期船をさがしている場合ではないのだ。抵当の取り決めも終わり、船の所有権は無事ストームに移された。自分をあまり安く売りすぎたかと思う。チャーリー・バードがローンの設定にあたって見越したリスクを考えれば、これは高利貸しというより博愛主義で、ストームはこの鈎鼻男に無言の祝福を送った。

　もちろんチャーリー・バードは、ストームの将来の展望がどれほど暗澹《あんたん》としているか、実態は知らない。バードは申請書があることは知っている。だがＵＭＣ配下の男たちがその申請書を奪おうと血まなこで、ストームがトラブルの真っただ中に飛びこもうとしていることまでは知らない。

　操縦パネルに向かい、法に定められたとおりの長たらしいチェックを終える。グリーンの安全灯がつぎつぎと返事をかえす。これくらいの船の操縦はそんなにむずかしくない。自動車ではコンピューターが百パーセントの仕事をするが、宇宙船では八十五パーセントしか責任を負ってくれない。違いはわずかでもパイロットの活動はずいぶん制限されるのだ。

　ストームは星図に目をやった。大発見から数週間、彼の小惑星は刻々と火星のある方向に進んでおり、カバーしなければならない距離は、初回よりはるかに短くなっていた。一日がかりではないにしても、宇宙基準でいえば、そんなに長旅ではない。１１７みたいな小型船でも、低速軌道を使えば、木星まで行って帰ってくるだけの燃料はある。小惑星帯へ飛びこむのは、そう容易《たやす》い技《わざ》ではないのだ。

ストームは通信チャンネルをひらいた。

「離昇《りしょう》クリアランスを頼む」きびきびという。

「こちら管制塔」ものうげな女性の声がはいった。「いつ離昇しますか、117？」

「そちらの許可がおりたらすぐだ。できれば、すぐさまがいい」

「いまブルースターAV11が離昇中です。三分のクリアランス時間をいただければ、あなたはOKです」

「了解」

ストームは待ちうけた。その三分がこれほど長いとは思ってもいなかった。もちろんこれは火星時間でいう《分》で、地球上よりはいくらか長くなる。だがその些《さ》細《さい》な違いが、いまは永遠につづくように思われた。

時はカチコチと過ぎた。ストームは狭い舷窓《げんそう》からおもてをのぞいた。たび重なる噴射によって傷ついた火星の赤い砂地が、前方に広がっている。いまは見えないが、ふりかえれば後ろはマーズヴィルの輝くジオデシック・ドームだ。おれは火星をまた見ることができるだろうか、そして地球を……。ふと、そんな感慨がわく。小惑星帯に行った先でUMCの男たちにつかまれば、自分を抹殺するのはそれほどむずかしくない。ただフエースプレートをひらいて空気を抜き、太陽に向かう軌道に乗せればいいだけだからだ。そうすればライバルの申請にわずらわされることもなく、小惑星の軌道をわざわざ変える必要も生じない。

そしてチャーリー・バードは哀れにも二万ドルをふいにするわけだ。

一瞬あきらめるのはどうかという思いがうかんだ。栄光の夢を捨て、地球にもどったほうが利口ではないか。人間ひとりでカルテルに立ち向かえるものではない。彼にはこの先六十年の余命が見込めるし、帰りを待つリズも——多分——いる。仕事は選《よ》りどり見どり。なら、なぜトラブルを求める？

「離昇を許可します、117」管制塔から金属的な声がひびいた。「二十秒以内に発進してください」

ストームは肩をすくめ、すべての弱気の素《もと》をふりはらった。心はすでに行くてにあり、あともどりは不可能だ。

キーをたたく。ちっぽけな船のどこかで、コンピューター素子が液体ヘリウムの槽のなかを飛びかい、発進の準備を終える。ストームは加速シートに身をゆだね、巨大な拳《こぶし》の到来を待ちうけた。

離昇の瞬間がきた。

ストームはリラックスし、高まる重力をやり過ごした。小型船は炎の舌に乗ってゆらゆらと浮かび、つかのま宙にとどまったのち、弧を描いて急上昇した。ストームは目を閉じた。賽《さい》は投げられた。これから先はシートに腰をすえ、小惑星まで足を伸ばし、あとは成りゆき次第だ。

8

小惑星との再会は、故郷に帰ったような気分だった。

ＵＭＣはまだその軌道にちょっかいを出してはいない。コンピューターの指定する座標に船を停《と》めると、価値ある岩塊《がんかい》からほど近い距離にきた。操縦をマニュアルに切り替え、船を近づける。軌道を一致させる代わりに、小惑星をめぐる軌道を取り、百マイルほどの距離からようすをうかがった。

気づかれるおそれはあったが、そこは運にまかせた。地表の活動を見るのはさほど苦労ではなかった。スキャナーの精度をあげると、作業エリアをくっきりと見わたすことができた。木星に面した側では、クルーのやっている仕事内容までもが見てとれた。

噴射台の建設である。

パーキング軌道に一隻の巨船があり、鮮やかな色でＵＭＣの商標が描かれている。地表をはう蟻のようなものは、母船から降ろされた作業トラックと爬行車《クローラー》だ。

ストームは117の軌道から小惑星を二十回あまりめぐり、地表をくまなくスキャンして侵入者の集められる場所が一個所だけであることを確認した。UMCとどう対決するか、戦略があるわけではないので、できるだけ長く見つからずにいるに越したことはなかった。

いずれにせよ真正面から立ち向かうのは問題外である。薄のろなら連中のまえにのこのこ出ていって、失《う》せろと命令するところだが、ストームは薄のろではない。そのような言動に出れば、連中がいかにすばやく静かに自分を処分するか知っている。銃は一挺《ちょう》だけ持っているが、相手は数で圧倒するだろう。それに、連中だって銃の用意はあるはずだ。

自分にできる最善のことは、3Dカメラを使って彼らの仕事のようすを逐一《ちくいち》撮影することだ。たいした役には立ちそうもないが、UMCが彼の小惑星を掠《かす》めとろうとしているという主張のテコ入れにはなるだろう。UMCが擁する錚々《そうそう》たる弁護団を相手に、法廷で長く闘えるとは思えない。しかし、少なくとも自分たちがとっくに採掘権を取った小惑星の軌道をなぜ変えなければならないか、その経緯《いきさつ》を説明しようとすればするほど、巨大カルテルの愚かさと滑稽《こっけい》さが露呈することになるとは思った。

今後の成りゆきは見当がついた。彼らはいずれこの窮地《きゅうち》を脱し、小惑星を手に入れるだろう。そして満面に笑みをうかべ、愛想よくやってきて、こう提案するだろう。「うちで働くのはどうかね、ミスタ・ストーム？　前に話した仕事口はまだ空《あ》いてるよ」そして富の夢は雲散霧消し、彼の姿は永遠にUMCという組織のあぎとの奥に消える。

ストームは思わず渋面《じゅうめん》をつくると、キーボードをながめ、コンピューターにプログラム指示を出しはじめた。いま必要なのは、UMC基地の裏側へ気《け》どられぬようひっそりと降りる軌道を見つけることである。惑星基準でいえば、直径八マイルは取るに足らぬものだが、これほど大きな小惑星なら、わずか二十フィートの船を隠すのはそんな面倒ではない。

内向きに旋回すると、しだいに狭まるスパイラルを描いて小惑星に近づいた。前と同様、地表には降りなかった。パーキング軌道にいるだけで充分なのだ。抜け目ないコンピューターはすばやく計算を終え、船の速度を最後の端数《はすう》、最後の小数の桁《けた》まで小惑星の軌道速度と合致させた。

小型船は軌道にはいった。

ストームは梯子《はしご》を出し、そろそろと下った。帰ってくるというのもいいものだ。これで小惑星が自分のものであることが完全に証明されればなおいいのだが……。

船を見上げ、微笑する。近くの地平線に目をやり、この小さな世界の裏側で起きている事態を考えるうち、笑みは消えた。

ＵＭＣ基地まではかなりの距離がある。十マイルかそこら。全周が二十四マイルだから、小惑星をほぼ半周するわけだ。この天体の低重力では、歩行はさながら七リーグ・ブーツをはいているようなものだから、たいした苦労もなく距離をカバーできるだろう。しかし出かける前に、この状況に対処する方法を考える必要がある。ただ踏みこむわけにはいかない。

彼は周囲を見わたした。

着地したところはこぢんまりした平野の端っこで、遠いはずれは赤道地帯をぐるりとめぐる切り立った山脈で仕切られ、こちら側は岩だらけの低い丘陵《きゅうりょう》で終わっている。はるかな太陽の投げる淡いグリーンの光のため、丘陵の不毛と寂しさがいっそう胸にせまる。このあたりまで来ると、陽光はあまりにも弱いので、昼間でも星々はかなり見分けられるし、裏側は夜だから星の輝きは燦然《さんぜん》として、火星やはては地球までもが景観に彩《いろど》りを添えているだろう。

洞窟《どうくつ》を見つけたのは、平野を十分ほどあてもなくさまよっているときで、はじめは崖の横の暗い影と勘《かん》違いし、危うく見過ごすところだった。見つめるうち小惑星は軌道を進み、あたりの影はじりじりとずれていったが、暗い円形のエリアはその位置から動かなかった。

もっとよく見ようと歩みよる。

ひと弾《はず》みが十数フィートなので、あっという間に距離を詰めた。思ったとおりそこは洞窟の口だった。直径およそ十フィート、数学的な完全円に近いものが、崖の横腹にえぐられている。近づいて内部をのぞいた。

漆黒《しっこく》の闇が彼を迎えた。

洞窟の特徴がふしぎでならなかった。きちんとできすぎているのだ。洞窟はふつう水でえぐられてできるが、この世界に水は存在しない。もちろん、かつて数十億年むかし、ここが火星と木星のあいだをめぐる惑星の一部であったころには水が流れていた可能性もある。しかし洞窟はふつう、石灰岩《せっかいがん》のような水に溶けやすい岩から成っていて、この崖のような頑丈な火成岩の土地では見つからないものだ。

とすると、この洞窟は自然にできたものではないことになる。しかし、その場合――

これはいったい何なのか？

UMCの噴射台の問題はつかのまストームの心から吹きとんだ。目のまえには謎があり、その答えを出さなければ前進もおぼつかない。ヘルメット灯をつけると、闇のなかへおずおずと踏みだした。

足元の地面に凹凸《おうとつ》はなかった。あたかも制御された熱核弾が爆発したようで、壁面がガラス状になっているのにも驚いた。どうしたものか、大理石さながらにスムーズなトンネルが崖の横腹に生じたらしい。

歩数をかぞえながら、ストームは奥へ進んだ。

十二歩進むとトンネルは方向を変え、かっきり九十度折れて崖と平行になった。いぶかしげな顔のまま、さらに八歩進むとふたたび曲がり角《かど》で、今度もまた九十度曲がった。いまや道はふたたび崖の内奥《ないおう》をめざしていた。ストームのヘルメット灯は五ヤード程度しかきかないので、その先はすっかり闇におおわれている。十五歩、十八歩、二十一歩進み、またひとつの角に来た。トンネルの壁が明かりの下でてらてらと光った。

角を曲がる。

彼が足を止め、しばらく茫然《ぼうぜん》自失の状態でいたのは、そこで思いもよらぬ光景に出くわしたからである。

唐突にトンネルの幅が広がり、直径五ヤードほどの半球形の部屋に出た。部屋はストームがたどってきたトンネルの角からすぐにはじまっていた。カーテン状のものがその先を隠している——手でさわれる物質のカーテンではない。薄霧《うすぎり》のようなもので、柔らかな緑がかった黄色の光を投げているが、ストームのヘルメット灯が不必要なほど明るい。

そして光るカーテンの奥には――

とつぜんの明るさに目が慣れてくると、渦巻く色彩の雲はすこし晴れ、内部にあるものを明らかにした。

何にもまして見慣れぬデザインの機械装置類が目についた。

カーブする壁全面が機械装置で埋まっている。高さは優に十フィートはあるだろう、奥行き二、三フィート。つややかなキャビネットに収まっているのは、どれほど複雑な機能を果たす装置なのか。金属の遮蔽具《シールディング》がデリケートにきらめくなか明滅し、また異様な図を描き、さながらメカニズムの悪夢と化している。

しかし部屋にあるのは、それだけではなかった。それは小惑星の地面から十フィートほどの高さに浮かんでいた。（浮かぶ？　ストームは目を疑った）三フィートほどの物体で、カーテンをなす緑黄色《りよくおうしよく》の霧をもっと濃くしたような物質でおおわれている。ストームは目を細め、分厚い霧の奥に目をこらした。

はっきりとはしないが、なんらかの生物のようである。パイプの軸めいたものが見えたような気がしたが、これは下肢《かし》だろうか。そして頭部やとぐろを巻いた触腕《しよくわん》。

ここにいるのは地球上のものとは異質の存在、宇宙の深淵《しんえん》から訪れた異星の生物なのだ。まちがいない。ストームは陶然《とうぜん》と見つめた。人類がこれまで探検してきた世界に、これほどの複雑さをそなえた生命体はなかった。水星はまったくの不毛地帯。金星で見つかったのは下等な虫類だけ。火星には齧歯類《げっし》より高等な生物は存在せず、木星、土星、天王星は重力があまりにも大きく、ひとの立ち入りは不可能で、ロボット船が着地しただけ。さらにその彼方《かなた》、海王星と冥王星はあまりにも寒冷で、ひとが理解できるような生命は考えられない。

ところが、ここ、直径八マイルの小惑星の崖に開いたトンネル内部——ここ、十フィートの宙に浮かぶ繭《まゆ》のなか、実質も形状もない寝床《ねどこ》に横たわり——地球人が考えもしなかった目も綾《あや》な機械装置群に囲まれて——

ストームが想像するに信じがたいほど高度な進歩を遂げた異星の代表が眠っているのだ。星界からの来訪者、そう断じてよいのか？　ストームは思案した。それとも、難破して生きのびた旅人か？

ストームは闇に囲まれた部屋の中心部、光る霧を屍衣《しい》さながらにまとって横たわるエイリアンを見上げた。散乱する宝石のようにまたたく黄緑の雲を畏懼《いく》と恐怖のまなざしで見つめるうち、霧が薄くなり、晴れかけているのに気づいた。

錯覚か？

ちがう。じっさいに起きていることだ。目にとまらぬほどわずかながら、カーテンはしだいに薄れてゆく。機械装置も見えてきた。といって、それらの用途が呑みこめたわけではない。また、フロア高く浮かぶエイリアンの姿もはっきりしてきた。内側の光る霧も外側ほどではないが、ゆっくりと後退している。

濁った湖面を透《す》かしてながめるように、いまでは生物の全身がおぼろげながら見てとれた。そう、ひとつひとつは小さいがたしかに四肢《しし》があり、腕は触腕となって、両肩からぐったりした蛇のように伸びている。そして肥大し、形のひしゃげた頭部。あれは目か……幅広のひたいにきらめくあの多面体のダイヤは？

これが生物であることは疑いない。しかも、この太陽系に生じた生物でないことはたしかだ。

カーテンの薄らぎが止《や》んだ。体をあらわにするプロセスはひと通りすんだらしい。外側のカーテンはいまでは煙のように希薄だが、エイリアンを守る内側の繭はいまだに厚く濃密で、体は部分的に見えるだけだ。ストームは部屋の入口にとどまったまま、それ以上は近づけずにいた。カーテンのいちばん外側まではわずか一フィートしかない。

こめかみの血管は驚きと興奮に脈打っていた。つぎの瞬間、いままでになかった感覚が到来し、彼は発作的に身をふるわせ、逃げようと大股に一歩しりぞいた。

それはまるで……まるで――説明することばが出ない――頭蓋のなかに手が伸び、ひたいの骨の壁を下って、灰色の脳のしわをまさぐっている感触だった！

吐きそうになったが、宇宙服のなかで吐けば恐ろしいことになる。ストームは自制を保つように努めた。パニックに縛《しば》られたまま、逃げだしかける――

また来た！――ふたたび見えない手が伸び、脳をまさぐる感触！　ガラス状の壁に片手を伸ばし、危うく態勢をたてなおした。

（逃げろ）と心に命じる。（とっとと尻尾《しっぽ》を巻いて逃げだせ！）

だが彼は踏みとどまった。当初のやみくもな恐怖は好奇心に変わり、ストームは渦巻く霧を透かして、頭上のかたちを見上げていた。

三度《みたび》、何かが脳にすべりこむ感覚がおそった。コンタクトはほとんど物質的な具象性をそなえていた。濡れた魚のような、ぬるぬるしたものが、脳の表面を引きずられてゆく感じ。だが、それは決して不愉快ではなかった。

また、ほかにも何か……情感に訴えかけてくるものがある。嘆願？　切望？　一途《いちず》な思い？

（こいつはおれとコンタクトをとろうとしている）

そう、それが唯一の解釈だ。意識を伸ばし、彼の脳にふれ、脳をまさぐり、必死に交信したがっている。もしそれが可能なら。

(よし、やれ)と彼は思った。(話せ、話しかけてみろ！　おれは聞くぞ、お前が何者だろうと！)

テレパシーや、霊的交流、超感覚的知覚、そういった類《たぐい》のものを信じたことはない。だが、これは理屈の問題、信じるか信じないかの問題ではない。現に起きていることだ。事態は解きほぐれてゆき、ストームはその瞬間瞬間の経過を追ってゆくだけなのだ。

他の銀河系から来たであろう生物の心どう受けとめたらよいのか、なにか考えがあったわけではない。できるのはただそこに立ち、異星の存在が心を探るにまかせるだけだった。

探る感触はいまやいっそう忙《せわ》しなくなっていた。はじめの二回は一分近く間があいた。三度めは二度めから三十秒ほど遅れたが、いまでは数秒おきのすばやい、ひたむきな突きとなり、パニックめいたものすら感じられるほどだった。あたかもエイリアンはなにかきわめて重要なメッセージを持って、彼とコンタクトをとろうとしているようだ。

(頼む、やってくれ！　ちゃんと聞いているから！)

またしても探りがあった。いままでよりも強烈だ。心の芯《しん》に突き刺さる硬い一突《ひと》き。

耳の裂けるような苦痛を感じたが、彼は直立姿勢を保った。そして怯《ひる》む気持ちをおさえ、共感しようと努めた。あと数瞬でコンタクトは成立する。もうあと一突き探りが来れば二つの心につながりができるはずだ。

探りは来なかった。

逆に相手は引きさがり、ストームは不確かなコンタクトから切り離されて、目をしばたたきながら立ちつくした。

つぎの瞬間、見捨てられたショックから立ちなおる暇もなく、グローブをした両手が背後から彼の腕を押さえ、接触したヘルメットを通して荒っぽい声がひびいた。「動くな、さもないと生きて悔《く》やむこともできんぞ」

9

はじめは振りむいて戦おうと考えた。だが、それは自殺行為だとすぐに気づいた。ヘルメットの無線をオンにすると、男の声が聞こえた。「お前の背中に銃を突きつけている。両手を上げてゆっくりとこちらを向け。そうしないと服に穴があくぞ」

「いま向きを変えてるところだ」とストーム。

部屋に最後の一瞥《いちべつ》をくれる。ふしぎな雲のカーテンはふたたび濃密になり、ストームがさっきトンネルの角《かど》を曲がったときより、さらに見通しを悪くしていた。いまではおぼろな物のかたちしか見えず、異邦の装置が幾層も並ぶ個所では、きらめく雲が中途までを隠し、あとはエイリアン自身も含め、すべて闇のなかにある。

ストームは振りかえった。

目のまえにいる男はUMCのマークがはいった銅色の宇宙服を着ていた。その後ろにもカルテルの男が三人いて、みんな銃を構えている。ヘルメットのパネルを通して見る顔は、いちように冷たく非情そうだ。間の抜けた顔ではない、やくざ者の顔ではない、凄《すご》みのある断固とした顔だ。

「行こう」と先頭のひとりがいった。「おれの前を通って、どんどん進め。ふつうに歩いて、おれがもっと遅くといったら速度をゆるめろ。従わなければ、お前を殺すだけだ。さあ行け!」

ストームは肩越しに振りかえり、渦巻く緑黄色《りょくおうしょく》の雲に隠れた謎をちらりと見やった。だが応答はなかった。雲が晴れることもなく、心を探る感触もなく、コンタクトは途切れたままだった。隠れた生物の怒りと焦燥《しょうそう》をあらわすように、いまやカーテンの上に黒っぽいトルコ玉の色の筋が流れている。

両手を高く上げ、ストームは歩きだした。

歩数を再確認する。つぎの角まで二十一歩、それから八歩、さらに十二歩進んでトンネルの入口に来た。踏みだす。そこには、さらに二人のUMCの男たちが銃を構えずに待っていた。

平原をひと目見て事態は呑みこめた。彼の船のそばに二台のUMCの爬行車《はこうしゃ》が駐《と》まっている。通常の見回りか、それとも侵入者の存在を察知して、赤道を越えてやってきたのか。見ると宇宙服姿のUMCの男がひとり、彼の船から出て梯子《はしご》を下っているところだった。

いまではＵＭＣの男たちはみんな洞窟《どうくつ》から出ていた。「お前には同行してもらう」と責任者らしい男がいった。「おとなしく爬行車のほうに歩け」

ストームは命令に従った。事の展開の速さに、心はなかば麻痺していた。こんな辺境の洞窟で想像を絶する生物と出くわし、異質の思考波によって心を探られ、不意打ちを食わせようとした相手に逆にとらえられ――いろんなことが続けざまに起こりすぎる。

男たちはストームを急《せ》きたてて手近の爬行車に乗せた。銃を抜いた男が両側にひとりずつついた。べつにトラブルを起こすつもりもないのに、とストームは思う。銃は船においてきたので、持っていれば、いまごろは没収されているだろう。しかし彼が丸腰で来たことを、連中はまだ知らないのかもしれない。

爬行車はおよそ考えうるどんな環境においても動くように設計された乗物である。全長二十フィートの魚雷型。六本の旋回軸のついた足で立ち、車体の上部にはプラスチックの透明なドームがのっている。

爬行車はぐらりと揺れると、空《から》っぽの平原を山脈に向かって動きだした。

ストーム自身はなんの手だてもないので、そのまま動かずにいた。ＵＭＣにつかまったのがストームだということは、まだ会社側で確認されたわけではない。彼の心には、洞窟の奥で味わった異様な体験によって明るい灯《ひ》がともっていた。

　地表からながめるUMC基地は、百マイルの距離をおいたときよりずっと壮観だった。会社が選定したのは、二つののこぎり歯状の小高い山に囲まれた五百ヤード四方の台地で、そこに三つの恒久プラスチック・ドームが設営されていた。うちひとつは本部として使われているようで、二つめは物置、台地のいちばん端にある三つめでは噴射機が建設されているらしい。

　男たちはストームを容赦なく引き立ててメインドームにはいった。ヘルメットを開きかけたとき、短軀《たんく》でほとんど首のない男が、サージのジャージ服姿で歩みより、彼の顔をのぞきこんだ。

「こいつです、ミスタ・エリンズ。船を下ろしたやつです。洞窟でとらえました」

「洞窟だと、間抜けどもめ。もっと早く確保できなかったのか?」エリンズは冷たくいはなった。

「申し訳ありません、ミスタ・エリンズ、最善を尽くしたんですが」

「つぎはもっと利口に立ちまわるんだな」

　ストームは自分を押しつぶそうとする勢力の権化《ごんげ》である男を見つめた。そうか、これがエリンズか。したたかそうな男だ。こぎれいな、如才《じょさい》のない、話し方も流暢《りゅうちょう》な重役タイプではない。目つきや顎《あご》のしまり具合に鋼《はがね》のような強靭《きょうじん》さが見える。唇は薄く、血色はなく、顔は角《かく》ばって、いかつく、全身はコンパクトで、岩石のような筋肉質だ。

エリンズは彼を一瞥した。「ここでいったい何をやらかそうとしていた?」

「こっちも同じ質問をしようとしていたところだ。おれはここにいる権利がある。おたくらにはない」

「この小惑星はＵＭＣの土地だ。わたしはＵＭＣの代表としてこの宙域にいる。お前はわれわれの土地に無断ではいりこんだ侵入者だぞ」

「申請はこっちが出したんだ」とストーム。「わかってるはずだ。おたくらより一週間早くここに来て、正式な申請書を提出してる」

「お前の名前を聞きたい」とエリンズ。

「ジョン・ストームだ」

エリンズの片方の口もとが冷ややかな笑みにゆがんだ。両腕を重ねると、指で肘《ひじ》をたたいた。「ストーム」とくりかえす。「ジョン・ストームね。すまん、はじめて聞く名だ」

「そうかもな。だが、あんたの会社の誰かが知っているはずだ。その誰かがおれの申請書を記録から抜いてＵＭＣの申請書と入れ替えた。クライド・エリンズとかいう誰かさんが、その二番めの申請をファイルしたんだ。その不法な申請をな」

「申請書は合法的なものだ。UMCをなんだと思ってる？　海賊集団か？」

「それをおれに答えさせるなよ」

「申請は火星で登記されてる」とエリンズ。「もう一通は地球の登記簿にある。それによると、UMCの探鉱パーティが到着するまで、ここは未登記の小惑星だった。過去の記録にもあたり、権利は正当化されている。この小惑星はわれわれのものだよ、ストーム。きみは侵入者であって、先取り特権の横領を企《たくら》む人間がどうなるかは知っておいたほうがいい」

「わかってるさ」ストームは平然といった。「あんたはどうなんだ？」

エリンズはこれには笑みをうかべなかった。「きみは不愉快だ、ストーム。警告しておく。罰は重いものになるぞ。きみはUMC所有の小惑星にひそかに潜入した。さいわいこちらには質量検出器があったんで、きみの降下を知ることができた。どうやら卑劣《ひれつ》な悪のりが高じたあげくの行為らしいな」

「おれは自分の申請の確認に来ただけだ」ストームは強情にいった。

「申請など出ていない！」

「あんたは何もかも承知でやってる！　記録をぜんぶでっち上げたのも多分あんただろ

う。だが、こっちにはおれの申請の複写があるし、ファイルが故意に削除されたことを知っている証人もいる。火星にはＵＭＣが小惑星にロケット基地を建設中なのを見たと証言できる人間もいる。どうして小惑星に基地が必要なんだ？　軌道を変えれば申請逃れができるのか？」

エリンズの答えはよどみなかった。「ロケットは小惑星をもっと地球の近くに移すためさ。採掘が楽になるからな」

「でたらめだ！　軌道を変えて申請逃れをしようとしてるだけじゃないか！」ストームは首をふった。「必ず追い詰めてやるからな、エリンズ。これを大事《おおごと》にする証拠はそろってるんだ。小惑星が自分のものにならない可能性はある。法廷でＵＭＣに勝てるやつはいない。だが少なくとも公聴会にはもっていってやる。太陽系中のニューズファックスに、ＵＭＣが二度と立ち直れないくらい泥を塗ってやる！」

「いいか、もしお前が――」

ストームはエリンズのことばをさえぎった「ＵＭＣが公共イメージに気を使っているのはわかってる。カルテル・システムに不満な連中はまだ地球にたくさんいる。あと必要なのは、ＵＭＣがフリーランスの探鉱者を小突《こづ》きまわしてるという事実だけだ。もちろんＵＭＣは立ち直るだろうさ。しかしＵＭＣにこのトラブルをしょいこませた男はどうなる？　自分の失策をカバーできずに、悪評が立つままほったらかしているこの宙域の代表を、ＵＭＣがどう扱うかだな」

沈黙の長い瞬間があった。ストームはいまの一言がエリンズの急所を突いたと知った。会社人間を震えあがらせるのは、その人間の行動が組織のイメージを傷つけたと解釈される場合である。エリンズははじめて困惑の表情を見せた。

肩をすくめ、うっとうしげに息を吐くと、ストームをにらみつけた。ストームは穏やかに見返した。自分にとって失うものはもはやほとんどなく、得るものはおそらく大きいという顔だ。

やがてエリンズがいった。「お前の要求は何だ、ストーム？」

「おれの小惑星だ」

「バカをいうな。小惑星はわれわれが見つけて、わが社が申請した。われわれのものだし、お前がどんな申請を出すにしても、しょせん迷惑行為だ。蚊とおなじようにたたきつぶしてやる」

「たたきつぶそうとして刺される場合だってあるぜ」ストームもやりかえした。

「まあ、いいさ」とエリンズ。「お前には一度きいたが、あらためてきくぞ！　何がほしい？」

「もういったと思うがね」

「その返事もしたはずだがな」エリンズが切り返した。「小惑星はわたせん。折り合いを何でつける？」

「おいおい、それは買収の誘いかい？」ストームは驚いてききかえした。

「どうとでもいえ」

「これは売り物じゃない」

「バカもいい加減にしろ」エリンズの目に知恵者《ちえしゃ》めいた光が宿った。しかし人を威圧する平たい爬虫類の目に知恵者はそぐわない。「お前が何がしかの根拠をもってそういうことをいってるとは、わたしには思えない。だが会社の世間での評価を守ることには興味がある。法廷で長いことごたごたしても勝てるのはたしかだが、それには多額の経費がかかる。代わりにお前が申請を取り下げる手数料を、いまここで払おう」

「興味がないともういった」

「百万ドルだ」とエリンズ。「一時間で取引をまとめる。火星へ連絡してＵＭＣから認可を取り、お前がオーケイするという書類が署名入りであれば、どの銀行の口座であろうと、ＵＭＣが即座に支払い保証小切手を――」

「売りものじゃない」ストームはくりかえした。

「くそ石頭め、百万じゃ足りんというのか？　投資をすれば、一生食っていけるぞ。若造でいるうちに引退できる」

「売らないよ。十億ドルの値打ちがある鉱脈を百万ドルぽっちで売れるもんかい、エリンズ」

エリンズはいまやじっとりと汗をかいていた。「では、二百万に上げる。バカは終わりにしろ」

「二百万でも駄目だ」

「五百は？」エリンズがしゃがれ声できいた。

「駄目だ、五千万でもおなじだよ」ストームは微笑した。「ただし、あともうちょっぴり値を上げるなら考えなくもない。そうだな、五億ドル。そこまでいけば、まとまった金だ。いさぎよく譲《ゆず》ってやるか。もちろん権利を持ったまま自分で掘れば、もっと儲かるだろうが、五億で手を打とう」

「おかしなやつだな」エリンズが苦々《にがにが》しげにいった。「こちらの最終的な付け値は五百万だ。これは法外な高値で、こんな大金を払えば会社で火あぶりにされるだろうが、お前は目障《めざわ》りなんだ。受け取る受け取らないはそっちで勝手に決めろ」

「受け取らないとしたら？」とストーム。

エリンズはちらりと鋭い視線を向けた。もはやその目に知恵者めいたところはなく、たんに凶悪なだけだ。「そのときは手荒くいくしかないな、ストーム。お前をうかうか地球にもどして、UMCにやられたと騒がれるんでは迷惑だ。けっきょく手荒くやるのがいちばんよく効《き》く」

「どれくらい手荒くやる?」

「できるかぎりだ」とエリンズ。「断じて売らないとなれば事故が起きる。お前の船に連れてゆき、フェースプレートがうっかり開くように細工する。サーボ制御のちょっとした不具合で、百万にひとつの偶然だ。それから船を手ごろな軌道に乗せる。太陽につっこむか、それともこの星系から永久におさらばする双極軌道に乗るか。死体の処分はここでは楽だ。見つかる心配は少ない」

UMCの男が本気であることに疑いはなかった。二人は無言のまま長い瞬間にらみあった。「それはたいした選択じゃないな」やがてストームはいった。「はした金で売りわたすか殺されるかの差だろう?」

「五百万ははした金じゃない」

「小惑星の値打ちに比べれば、はした金さ。鉱脈だけをとってもその二百倍はある。加えて、洞窟の奥で発見したものの件がある」

とつぜんエリンズの目に怒りが燃えあがった。「洞窟の件は忘れろ。記憶から完全に消してしまえ！　今後どんな契約を結ぶにしろ、あの洞窟については緘黙《かんもく》するという条項が必ず含まれる」

「あれはいったい何なんだ、エリンズ？」

「話したくないね。その件には近づくな。問題はお前が申請したと称しているものだ。その申請の放棄書を売るか、それともこちらが事故の手はずをととのえるのを待つか？」

「考える時間が必要だ。すこし時間をくれないか？」

「いいとも」エリンズは寛大に答えた。「ほしいだけ時間をとれ。一カ月でも二カ月でも、お前を見張れるところにいるならこちらに文句はない。とことん考えろ、ストーム。決断を早まるな」エリンズは怒りにまかせて拳《こぶし》をふると、侮蔑《ぶべつ》にゆがんだ顔で背を向けた。「面倒が起きないように縛りあげろ。こちらには仕事があるんだ。四六時中しゃべっている暇はない」

10

UMCの男たちは無言で手ぎわよくストームを縛《しば》りおえると、動きがまったく封じられていることを確かめた。彼らが使ったのは銅製の梱包《こんぽう》ワイヤだが、宇宙服姿のままであったのがさいわいした。でなければ、素肌にふれた個所では骨にまで食いこんでいただろう。

彼らは両の手首をうしろで縛ると、あまったワイヤで足首と手首の結束《けっそく》をつなげた。ストームは弓なりに反《そ》りかえった体のままドームの壁ぎわに放置されることになった。ヘルメットも取り上げられたので、何らかの奇跡が起きて拘束を逃れても、ドームからは出られないことになる。

ストームを縛りあげると、UMCの男たちはロケット基地の建設にもどった。

ストームは渋い顔でこれをながめた。進み具合は順調のようだ。数日中のうちに作業は終わるか、もうすこしかかるにしても、あまり長くはかからないだろう。噴射機はすべて所定の位置におさまり、エリンズがスイッチを入れるとともに火を噴き、小惑星はこの三億年たどってきたであろう軌道からもぎ離され、どこかさほど混みあっていない宇宙空間に運ばれる。そして小惑星を登記したいというストームの希望も同時に失われるのだ。

彼はエリンズから提示された二者択一を熟考してみた。

おもて向きにはこれは意味のある選択とは思えない。五百万ドルを受けとるか、でなければ死ぬかの問題である。こんな選択で誰が一瞬でもためらうだろう?

しかし事はそう単純ではない。エリンズは脅《おど》しをこのまま押しとおすのか。殺しが実行される前に、またひとしきり二人のあいだではったりのかけあいがあるにちがいない。しかし彼がこういったとしたら、エリンズは殺しを急ぐだろうか? 《もし二二一七年一月一日までに自分が地球にもどらなかったら、この文書をひらくこと》――そんなメモとともに事件の全貌を記した記録が地球の貸金庫に収められている、と。

エリンズは彼のことばを信じるだろうか?

ストームは自問した。なぜ自分はその予防措置を取っておかなかったのか? なぜ〝事故〟に遭《あ》う前に、事件の一部始終を語らず急いで宇宙に出てしまったのか?

しかし、それすら問題ではない。架空の貸金庫であっても、エリンズにその存在を信じさせることができれば、それで充分なわけだ。とすれば、自分が説得力をこめて立ち回りさえすれば、エリンズの危機感に訴えて殺しを思いとどまらせることも不可能ではないだろう。エリンズはカルテルでの自分の地位に汲々《きゅうきゅう》とするあまり、ＵＭＣの評判にまで敏感になっている。会社が先取り特権の横領で非難される以上に殺人の容疑をかけられるのには耐えられないはずだ。だから――

（だが、もし売りとばすことに承知すれば、それですべては終わる。頼みとするものはもはやなく、おれは五百万ドルを受けとり、やつらはおれのサインのある放棄書を手に入れ、あとはいくら騒いでも変わり者のたわ言ですまされてしまう）

となれば、選択の道はひとつしかない。生命《いのち》あるかぎり、小惑星の所有権を取りもどすチャンスはあるはずだ――恐怖に負けて署名するようなことがなければいい。

（銃を手ばなすな。エリンズは口でいうほどタフではないかもしれないぞ）

はした金で売りとばす気はなかった。彼が知る小惑星の価値に比べれば、五百万ははした金である。やはりここはもうひと踏んばりして突っぱねるしかない。そうすればエリンズからなんらかの譲歩を引きだせるはずだ。

多分。

見込みは薄いかもしれないが、やってみる価値はある。

また洞窟《どうくつ》の奥で見つけた異星生物の件もあった。明らかにエリンズとその一党はエイリアンの存在を知っている。連中はこの生物とコンタクトを取ったのだろうか？　エイリアンとＵＭＣの男たちのあいだになんらかの意思疎通はあったのか？

おもしろい可能性がひとつ見えてきた。ＵＭＣがこの小惑星をほしがっているのはその鉱物資源ではなく、洞窟のエイリアンのためではないのか？　そういうことがありうるだろうか？　この小惑星はたしかに鉱物資源が豊富だが、ＵＭＣはまたひとつの鉱脈を確保するために、この秘密の事業をおこなっているわけではない。だがエイリアンや洞窟にある奇怪なメカニズムに、なにか特別な目的を用意しているとしたら？

そうだ、とストームは思った。それでＵＭＣがこの小惑星から彼を追いだしたがっている理由の説明もつきそうだ。だが全貌《ぜんぼう》はまだ不可解で、ひとつひとつの動機は思いつかず、ただ想像するしかなかった。

彼は肩をすくめてそうした思索をふり捨てると、自分を縛りあげているワイヤに神経を集中した。男たちは見事な手ぎわで彼の体を拘束していた。背筋を軸にできるかぎり体をひねると両手の具合をよく観察することができた。連中は彼を縄抜け曲芸師かなにかのように縛りあげたのだ。

だが彼は曲芸師ではない。ワイヤから逃れる方法はなかった。足を使っても歯を使っても手首にはとどかず、かえって拘束をきつくしただけ。また足首のワイヤについても、ほどく方法はなかった。

考えるだけでも絶望してくる。

ストームはひっそりと横たわった。身動きが取れず、体は緊張していた。ここに置かれてからまだ数分しかたっていないが、不自然な姿勢をとらされているため、すでに筋肉は固くなりはじめていた。二時間もすれば体はねじまがって、拘束が奇跡的に消えたとしても歩くことすらできないだろう。彼は両肩を不自由にうごめかせ、足を伸ばそうとつとめた。膝《ひざ》や肘《ひじ》はしくしくと痛みだしている。腋《わき》の下にズキリと最初の痛みがおそった。手足の指はすでに無感覚になっている。

ストームのことを気にしている者はいない。従業員たちはみんな自分の仕事にかかりきりで、彼がどれほどもがこうが身をよじらせようが無関心だ。

ストームは男たちをにらみつけた。

(貴様をつかまえられたら、エリンズ、指一本でもひっかけられたら――)

とつぜん到来した異様な感覚に彼はのけぞった。

(いまのは何だ?)

脳になにか力が加わったのだ。似た感覚はまえにも経験している。だが肌合いがちがう。洞窟のなかではエイリアンの心が彼の脳をまさぐるにしたがい、ぬるぬるしたものを感じたが、いまそれは脳をなぶる羽毛の感触に変わっていた。

これは想像なのか、それともエイリアンは十数マイルの距離を隔《へだ》てて、ふたたび彼と接触をはかろうとしているのか？　ストームはじりじりと待ちうけた。無限の時が流れ、あれは錯覚だったのか、疲れた神経が味わった幻だったのかと思いかけたとき……うん、また来たぞ！

まちがいない。

まるでそれは一枚の羽根がむきだしの脳葉《のうよう》をなでているかのよう、頭蓋骨がひっぺがされて、その下のみにくい脈打つものがあらわになり、思考波がとめどもなく漏れているかのようだ。

三度めの探りがあった。今度のそれは前にもまして熱を帯びていたが、羽毛の感触であることに変わりなかった。頭皮が猛烈にかゆくなった。探りの感触がいま違うのはなぜなのかという疑問がわいた。距離のせいだろうととりあえず結論をつけた。近くではぬるぬるした感触だったのが、ここでは違った風《ふう》に感じられるのだろう。

感触を別にすればあとはおなじようなものだった。おなじあこがれるような、すがりつくような感覚の変容、なにかが必死に彼のもとに到達しようとしている情動のあがき。

（つづけろ。おれは聞いているぞ！）

窮屈なまま、むりやりリラックスする。ワイヤの締めつけが許すかぎり痛む体をぐったりさせ、目をつむり、頭を空《から》っぽにしてうなだれた。コンタクトを妨《さまた》げている緊張のバリアをできるだけ取り払いたいと思ったのだ。

彼は待ちうけた。

長い時間をおいて、エイリアンはふたたび挑戦した。二分、三分、四分が過ぎた。エイリアンは接触を確実なものにするため力をためているのだろうと結論づけた。それとも——

突きがやってきた。

気を抜いていたので、ストームは虚《きょ》をつかれ、衝撃は脳の最深部に到達した。あたかも怪力男がストームの頭上に立ち、両手で大釘《おおくぎ》をつかみ、脳天につきたてたような感じだった。

神経を焼き切る苦痛に全身をつらぬかれ、絶叫をあげ、すすり泣き、汗みずくの体をねじまげ、地面からなかば身を起こすと、電気に打たれたように硬直した。

彼の内のどこかで声なき声がおずおずといった。（す……すまない……きみを傷つけてしまった）

ストームは目をしばたたいた。「どこにいる?」苦痛の赤い靄《もや》のかなたに呼びかける。

(まだわたしの部屋だ)声なき声が答えた。(だが、いま……いまはコンタクトできた!)

「つまり、おれたちの心は――」

(いっしょになったということだ。表面的に、だがな。苦痛を与えたのはすまなかった。わたしとは大きく違う心とコンタクトをはかるのは容易ではなかった)

ストームは答えなかった。苦痛はもう薄れている。コンタクトの衝撃はいまだに感じられるが、もはやそれは脳天に打ちこまれる大釘ではない。むしろ額《ひたい》に貼りついた絆創《ばんそう》膏《こう》に似ていた。彼自身とは異なる意識が身近にある感じだが、痛みはない。優しい指が脳をなで、彼を慰《なぐさ》め、落ち着かせようとしているようで、彼はリラックスした。

そのとき人影が彼の前に立ちはだかった。エリンズと作業員のひとりだ。彼の苦痛の叫びを聞きつけて、何事かと見に来たらしい。

「呼んだか?」とエリンズ。

ストームは首をふった。「いや、何もいっていない」しわがれ声が出た。

「変だな。たしか聞こえたように――」

「空耳だろう、エリンズ」

作業員が膝をついてのぞきこんだ。「おい、おまえ、だいじょうぶか? 具合がわるそうだぞ」

「おれが病気に見えるか？」

「汗まみれじゃないか。顔も青い。まるで幽霊だ。病気の幽霊だ」

ストームは笑ってみせた。「まだだよ、エリンズ。だが、あせるな。時が来たら化《ば》けて出てやるから」

エリンズは立ちあがり、ストームの前の砂利を冷ややかに蹴った。「まだ決心がつかないか、ストーム？」

「いま考え中だ」

「なら、考えつづけろ。しかし具合がわるくないのは確かなのか？　ひどい顔だぞ、ストーム」

「急におれの健康状態が気になりだしたか？」ストームは含み笑いした。「わかった。そんなに心配ならアスピリンを一錠《じょう》くれ。ついでにスコッチを一杯ね、相棒」

エリンズはきびすを返し、声もなく歩き去った。ストームは目を閉じ、体力の回復につとめた。いま自分の状態はどうだろうと考える。エリンズから見ても、相当よれよれの姿であるにちがいない。異質な心とコンタクトをとるのは、けっこう肉体に負担がくるのだ。まるで五マイル競走を戦ったみたいに体が疲れていた。

彼はひっそりときいた。「まだいるのか？」

（いる。彼らが行ってしまうのを待っていた）

「あんたは何者だ？」

（いずれ何もかも話す。きみの助けが必要なのだ）

「それはおかしな話だな、おれの助けとは。おれは自分だって助けられない。どうやってあんたを助ける？」

（方法はある）辛抱強い静かな声なき声が伝わった。（だが、いますぐではない。すこし時間がかかる。頃合いが来たら説明しよう）

「頃合いはあまり先じゃないほうがいいぜ」ストームはつぶやいた。「連中はあまり時間をくれそうもないから」

（決断を遅らせる方法を考えよう）とテレパシーの返事があった。（きみはまだわたしを助けられるほど体力を回復していない。はじめの接触できみは消耗してしまったのだ。充分回復するには時間がかかる）

「おっしゃるとおりにしますよ」とストームは答えた。梱包ワイヤに縛られて横たわり、脳のなかにひびく声を聞いていると、まるで夢のなかにいるようで現実感がなかった。もし洞窟のなかであの生物を見ていなければ、エリンズも見ているということを知らなければ、ストームは自分の正気を疑いだしたことだろう。

エイリアンは長いこと沈黙していた。ストームはひっそりと横たわり、ドームのすぐ外で働く男たちをながめていた。

ストームの体のうちで変化が起こりだした。

はじめは感じるか感じられないほど微妙なもので、まず不自然な体勢からくる苦痛が薄れた。ぎごちない窮屈な姿勢に体が順応していくようで、膝や肘はもはや抵抗せず、いつ折れるかと思われた脊椎《せきつい》は楽になった。

痛みは見るまに小さくなり、最後はすっと消えた。

つぎには痛み以外にあった雑多な不快感も引いた。頭痛の記憶は残っているものの、エイリアンの強制的な精神統合による衝撃がわだちのように心に刻まれているだけだった。相変わらず力は出ず、空腹がこたえてきたが、ここまで彼をとらえていた疲労はしだいに減じた。あたかも彫刻家が繊細な両手を使って未完成のクレイ・モデルの粗《あら》い部分をスムーズにしていくように、リモート・コントロールによって相手方の精神状態を調整しているのだ。

ストームは新たな生気、新たな活力が刻々とうちにみなぎってくるのを感じた。

調整がまだ終わらないうちに、エイリアンの穏やかな声がひびいた。(さて、わたし

が何者で、どういう経緯《いきさつ》でこの小世界に来たのか、一部始終を話そう）

11

ストームがうなずくと、異様なイメージ群が奔流となって心に流れこんだ。まさに混沌《こんとん》だった。しかしながらエイリアンが語っているのは、自身の物語であるにもかかわらず、彼はそれを直鎖《ちょくさ》的な連続として視覚化しているのではなかった。親鴨《おやがも》のうしろを小鴨がついていくように、ある出来事のあとにまた別の似た出来事がつづく形式ではなく、因果関係のない浮遊の事象のごたまぜだった。

「おれには……わからない」とストームはいった。

(待て。語り方を考えてみる。きみに理解できるように事態を整理しなおす方法を考える)

ストームは目を閉じた。思いきり叫びたかった。悲鳴をあげ、わめき、咆哮《ほうこう》したかった。エイリアンが悪いのではない。だが、エイリアンのながめる時間系列があまりにも異なるため、押し寄せるイメージの氾濫《はんらん》に心がパニックを起こしてしまったのだ。彼はふるえ、おのれの内へとひきこもり、この語りがかくも支離滅裂《しりめつれつ》で心惑《まど》わすものならやめてほしいと無言のうちに懇願《こんがん》した。

（すまない）心の声が控えめに返ってきた。（いままで以上に力を傾けている。あともうすこしだ、約束する。そうしたら万事順調にいく）

物語の始めから終わりまでを一瞬でつかみ、百種を超える独立した出来事を同時に吟味《ぎんみ》できるとは、この生物の能力はどれほどのものなのか。ストームはパニックを押しのけ、あらためて驚嘆した。

イメージの氾濫が一段落した。

混乱状態はすこし解消した。ストームはエイリアンが物語をまとめ、組みなおし、整える作業に没頭しているのを感じた。

（さあ、再開するぞ）洞窟の生き物は宣言し、ふたたび語りはじめた。

物語はどんな実体フィルムにもまして鮮烈だった。ときにはストーム自身、よくできた3D映話のなかで現実と見まがう体験を味わったことがあるけれど、これは幻覚ではなかった。エイリアンが自身に起こったことを追体験し、ストームは星の世界から来たこの生物とふしぎな心の合一《ごういっ》をなしとげ、その体験に参加しているのだ。

ストームは天空のとてつもない広がりを感じた。宇宙の黒ビロードを背景に百万の星星がちりばめられ、多彩に光っている。しかし見慣れた宇宙ではなかった。地球や近傍《きんぼう》の惑星からながめる星座は不変だが、いまストームの心に開花したヴィジョンはこれまで見たどんな星図ともかけ離れたものだった。星座はたしかにある。だが、それらは異なる宇宙の星座なのだ。

エイリアンの説明がなくても、いま見ている宇宙が何億年かの過去、多くの銀河系のかなたに存在した宇宙の景観であることはわかった。その闇の高みに小さな渦巻き状の星雲が見える。おぼろな、取るに足りない、無価値な星々の集合体。そしてストームはこの天体の集合のなかに、やがてソルの名で知られるようになる太陽とそれをめぐる九つの惑星があることを、しびれたような心で意識していた。

彼はある種の船のなかにいた……というか、エイリアンがいるのは船のなかで、エイリアンのかつての暮らしをストームが分かちあっているのだ。船自体はストームが知っている宇宙船とびっくりするほどの違いはなかった。おおむね円筒形で、鈍《にぶ》く光る硬い青みがかった金属でおおわれている。船を内と外から同時にながめるため、はじめは混乱し、めんくらったが、こうした二重視覚に異議を唱えないでいるうち、これが自然の見方なのだと納得し、しだいに慣れた。

船はさして大きなサイズではなかった。洞窟《どうくつ》のなかで見た生物の大きさとの比較から、それは容易に判断できた。生物の身長はおよそ三フィートあり、それを目安に船の全長は百五十フィート（四十五メートル）ほど、通路の高さは七フィート、幅は五フィートと見積もった。

洞窟ではエイリアンの全身は霧に隠れて、よく見えなかったものの、いま経験しているヴィジョンでは、同僚たちとともにはっきり見てとれた。

総勢二十数名。その姿は異様ではあったが、不愉快ではなかった。エイリアンの視覚と精神を介してながめているので、スターシップの乗員を見ても、嫌悪やショックや恐怖を感じることはないのだ。

切り株のような脚が二本あり、先は円形の吸盤状になっている。前肢《ぜんし》は四本あるが、すっかり退化し、縮み、代わりに長い渦巻状の触腕《しょくわん》が左右に伸びて、物をつかみやすくしている。頭部は胴に比べて大きく、きらきら光る多面体の荘厳《そうごん》な眼球は、顔のなかば以上を占めており、それが彼らの肉体のなかでもっとも異質なところだった。

服は着ていないようである。ストームの慣れない目で見るかぎり、性差は認められない。みんな同じような姿形——だが潜在意識では、エイリアンたちが数種のくっきりしたグループに分かれることに気づいていた。ひとつのグループ、総勢のなかの半数弱は男性または男性と等価とされるもので、第二のグループをなす七、八名は女性の等価者。ほか二、三名はそのどちらでもないが、種の存続に不可欠の役目を果たしている第三の性である。ストームはこうした特徴をまったく理解することなく受けいれ、夢に脚注がないのとおなじように、説明を求めてイメージの流れを止めることはなかった。

船は旅をしていた。母星を発《た》ったのは測り知れぬほど太古のことである。エイリアンは時間経過を線的には感知していないので、〝非常に長い〟という以外、旅の長さをストームがわかる用語で伝える方法はない。

故郷を出てからの旅は長く、帰投するまでにはさらに大きな時を見込まれていた。ストームは困惑し、魅了されながら、果て知れぬ虚無のなかをゆくこの輝く針の行くえを見まもった。

旅がなぜ挙行されたのか、その理由を探るのはむずかしい。科学的調査行か？　観光か？　歴訪か？　軍事目的か？　旅そのものになにか意味があるのか？　ストームにはわからない。結論として出せるのは、エイリアンが提示する印象派的な理由のごった煮に、彼は筋の通った論理を見いだすことができなかった。結論として出てくるのは、彼らの旅をつき動かす力はストームの理解を超えたものであり、ベートーヴェンの音楽やピカソの絵画とおなじようにその本質は彼のなかにはないという事実だった。旅はひとつの芸術作品であり、ストームは強《し》いて説明を求めようとはせず、また解説がはいることもなかった。

船は信じがたい速度で飛翔していた。ストームは動力室へ案内されたが、そこで見たのはきらめく装置群だけで、それらは動きも光りもしなければ、どんなかたちでも機能を果たしているようには見えず、かりに自分が鉱山技師ではなく、推進工学の専門家であったにしてもまったくお手上げ状態であったにちがいない。

船は何光年もの距離をまたたく間に消化したが、その背景にある力は地球人の理解をはるかに超えるものだった。

エイリアンは船の寄港先のようすをかいつまんで見せた。

青みがかった太陽に照らされた惑星があった。ジャングル世界であり、そこではとてつもなく巨大な蠕虫《ぜんちゅう》がうだるように熱い泥のなかでのたうち、きらめく鱗《うろこ》をまとった見上げるような生き物が、千フィートもの長さのある倒れた樹《き》の幹《みき》を踏みしだいている。

陸地のない水ばかりの世界があった。その冷たい海洋は生物であふれかえっており、ひれや水かきを持つなめらかな茶色の哺乳類が、あるいは深みへ沈み、あるいは泳ぎながら抽象哲学の問題点を議論している。火星がエデンの園《その》に思えるような砂漠世界があった。風吹きすさぶ干《ひ》からびた世界であり、焼けつくような白い太陽が雲ひとつない空をおおい、その下ではひねこびた矮小《わいしょう》な生き物たちが、遠い昔に去った栄華の時代をなつかしみ、時を過ごしている。

地球とよく似た世界もあった。緑の葉と青い海原の静謐《せいひつ》な美しい世界であり、空気は醸成《じょうせい》されたワインのようにさわやかで、動物は羊なみにおとなしく、やわらかな黄金の日ざしは夕べにも長くたゆたい、ここに冬が訪れることはない。だが、それはストームが知っている地球ではなかった。なぜなら、そこは奇妙に星のない夜空で二つの輝く月が追いかけっこを演じる下《もと》、緑の肌と尾をもつ住人たちがしあわせに暮らす世界であったからだ。

もはや世界ではなくなった世界もあった。かつて都市であった場所に、煮えたぎる溶岩の池が口をあけ、放射性の雲がかすむ大気のなかをただよっている。またひとつの世界は、いまある地球の悪夢の様相を呈していた。樹木もなく、川の流れもない世界で、そこに五百億から一千億にのぼる人口が密集し、地上を隙間《すきま》なくおおう箱形の小部屋に住人たちが肩を寄せあって生きている。

ひとつの惑星からつぎの惑星へ、目のまわるような速さで情景は移り変わり、見慣れぬイメージの連続にストームは目を閉じ、宇宙の長い夜のなかにある百千の世界、冥王星のかなた、百万光年の闇のなかにある数多《あまた》の惑星を夢見た。

旅はつづいた。

奇跡的に時の流れは圧縮され、ストームが理解できるものとなった。彼は乗船者たちを知り、そのひとりひとりを〝生き物〟や〝エイリアン〟ではなく、人びととして理解した。ストームはそのなかのどれが、いま彼に語りかけている人物なのかを知り、またほかの人びとがそれぞれ対照的な人格をそなえていることを知った。彼らの希望や恐れや夢もすこしばかりは理解できた。目にしたものの大半はストームの理解を超えていたけれど、ある種の感情のなかには理解できるものもあったし、なかには普遍的に思えるものもあった。美への反応は共通していたが、美の観念自体はまったく違っていた。また欲求のかたちこそ違え、愛し愛されたいと願うことに変わりはなかった。同胞愛や共同作業、こうしたものの精神はすぐにストームにもわかり、共感することができた。

旅はつづいた。

測り知れぬ歳月《さいげつ》が数十秒のあいだに過ぎ去り、船はいまやストームが〝故郷〟として知る島宇宙に近づいていた。

かつてあれほど無意味に見えた星の集合体が存在感と威厳《いげん》をまし、細身の船はそのまっただ中へと舳先《へさき》を向けた。天空は光輝に満たされた。この燦然《さんぜん》と輝く円弧《えんこ》のどこかに、地球をひきつれた太陽が存在するのだ――ちっぽけな太陽、黄色い太陽、その取るに足らぬ火球が仲間たちとともに生みだす光の饗宴。

船は新たな銀河系に突入し、あの世界この世界へと寄港した。銀河系は生命をはぐくむ惑星にあふれていた。巨大な赤い星、高温の青い星、白色矮星《わいせい》、くすんだ黄や緑の星――それぞれに惑星があり、生命はその多くに存在した。

なおも旅はつづいた。

ストームは懐《なつ》かしい領域に来たのを意識した。そう、これこそわれらが故郷。まだ黄色い光の点でしかないが、エイリアンたちが冥王星の凍りついた荒れ地からながめた母なる太陽だ。

惑星の軌道をつぎつぎと横切り、船は太陽をめざした。不毛の天王星、大きな海王星、三重の輪をめぐらす土星、比類ない木星――遠征隊はそれぞれの世界へ着陸した。地球人が足を踏み入れようとしない世界に、エイリアンたちが平然と降り立つさまにストームは唖然《あぜん》とした。三つの巨大惑星の圧倒的重力も、彼らにはまったく通用していない。彼らが使う多彩で不可解なテクノロジーのなかに、重力に抗する何らかの力が含まれているらしい。

内側へ、そのさらに内側へ、生命が存在しそうな世界を求めて。

ストームは火星を見た。土地は赤いが、緑のまだらが全面に散って、若く、みずみずしく、いままで見たこともないほど生気に満ちている。火星の海は？　ある！　そして生物……都市群……知性！

ストームはいま経験している旅が数百万年まえに起きたことだと知り、寒けをおぼえた。しかし旅の時点をある程度類推することは可能だった。なぜなら火星と木星のあいだに惑星が見当たらなかったからだ。あの世界を消滅させた爆発はすでに起きている。天空に散らばる小惑星群がその証拠だ。

ストームは火星に海があったころの地球を見たいと思った。何が見えるだろう？　鼻息荒く死の闘争をくりひろげる恐竜たちか？　鰓《えら》ぶたをばたつかせながら、おそるおそる陸にはいあがる海洋生物か？　見慣れぬ下生えのなかで息をひそめる小型の哺乳類か？

それを知る機会は訪れなかった。地球は見ることができた。青緑《せいりよくしよく》色に輝きながら、さしまねくように近くの空間に浮かんでいる。だが遠征隊が地球に到達することはなかった。船が小惑星帯の軌道にさしかかり、海緑《かいりよくしよく》色の火星に進路を向けたとき、災厄がおそった。

エイリアンは昂《たか》ぶりもせず泣くこともなく経緯《いきさつ》を語った。何かが狂ったのだ。長年彼らに仕えてきた奇跡のメカニズムが反乱を起こしたのである。はるかな星に生まれた超科学も、この暴走をくいとめることはできなかった。

船は爆発した。

心にイメージがかたちをとるとともに、ストームは恐怖に震えた。船の青く輝く胴体に無残な黒いひび割れが生じた。おのれの体が裂けたかのようなショックに、事態をくいとめようとしたが、なす術《すべ》はなかった。

熟した種子の莢《さや》が裂けるように、船は崩壊した。莢は見慣れぬ種子を非情な宇宙空間にまきちらした。

ストームはこわれた船の内部から五人の小柄な人影が吐きだされるのを恐怖のまなざしで見まもった。血流は体内をめぐるさなかに凍りつき、もがく体は瞬時に動きをとめた。死体は触腕や脚を広げたまま人形のように船のまわりを舞った。

またも激動。さらに四人が宇宙に放りだされた。そのうち二人は、異世界を訪れるとき着けたマスクをかぶって身を守ろうとしていたが、それだけの時間はなく、彼らもまた死んだ。いまや船内の大気は乏《とぼ》しくなり、船にとどまっていた乗員も死んだ。

生き残ったのはただひとり。

彼は本能的に行動し、エンジンの異常振動と同時に防護服を着ると、惨禍《さんか》から単身生き延びた。呆然《ぼうぜん》と隔壁につかまり、爆発につぐ爆発が船を揺さぶるなか、大気は虚無に吸いだされた。

修羅場《しゅらば》は一段落したように見えた。船はふたたび静穏にもどった。

星の旅人は悲しみに暮れて変わり果てた船内を探索した。同僚たちの体は無残に裂け、いたるところに散っていた。割れた舷窓《げんそう》からのぞくと、ほかの死体が残骸の周囲をまわっているのが見えた。臓腑《ぞうふ》をさらけだした船を隅から隅まで捜しまわった末、生存者は自分ひとりであることを確認した。彼の精神的な呼びかけに応《こた》えがないことから、すでにわかっている情報だったが、すべての死体を見ないことには納得できなかった。

完全な絶望状況のなか、彼はすばやく行動した。かろうじて破壊をまぬがれた救命艇が一隻だけ残っていた。彼は無傷の用具をありったけ艇に積みこんだ。長い旅がとつぜん終わりを告げたのである。

船を捨てる直前、最後の爆発が起こった。彼はすでに救命艇に乗っていたので、ショックで壁にたたきつけられ、長いこと気を失っていた。口のはしからは血がしたたり、数個所で骨折していた。

ふたたび静けさがおりた。

弱った体でコントロールを作動する。母船はばらばらに砕け、船の残骸も同僚の死体も残っていなかった。瀕死の状態ではあるが、最後の爆発をまぬがれただけ、幸運といえた。

どこへ行く？

救命艇に無傷の用具を詰めこんでいる最中は、火星に行こうと考えていた。この距離からだと居心地よさそうに見えたからだが、いまやそれは夢と消えた。ひしゃげ、なかばこわれた救命艇ではとても一億マイルの深淵《しんえん》をわたる性能はない。しかもその深淵は、刻一刻と広がりつつあるのだ。

では、どうする？

一個の小惑星がほど近くの軌道をめぐっていた。ただの岩のかけら。大気も水もない不毛の土地だが、それがただひとつ手近にある着陸地点だった。星の旅人はそこに目標を定めた。

動かぬ体に鞭《むち》打って救命艇を発進させ、小惑星の平原を見つけて、着陸した。その場で休息を取り、おそろしく長い時をかけて、体の遅々《ちち》とした快復を待った。

生き残ろうとする意志がこの離れ技《わざ》を可能にしたのである。艇にある用具を使って岩をうがち、トンネルと住居をこしらえると、この荒涼とした環境から身を守る力場をはり、大気を生成した。

そして彼はふたたび休息にはいった。快復は時間を要する苦業である。彼は眠りの渕《ふち》のさらに彼方《かなた》におのれを導くと、数千年の歳月のなかで傷んだ体を修復し、体力のよみがえりを待った。

体はすこしずつ癒《い》えた。元の体をとりもどすことはできなかったが、少なくともひどい痛みはなく動くことはできた。しかし体力はまだまだ不足で、それからさらに数千年を経てようやく洞窟を出ることができた。

生存者は彼ひとり。

それがいちばん受けいれがたい事実だった。もともと孤独を愉《たの》しむ種族ではない。仲間とのコンタクトが途切れることはなかったし、常にそばには心休まる誰かがいた。だが、いまあるのは恐怖をもたらす静けさだけ。この百万光年の域内に同胞はいない。彼の種族の超意識をもってしても、この深淵に橋をわたすことは不可能なのだ

同胞との接触を断たれ、これからはひとりで生きていかなければならない。もちろん彼には技も才覚もある。記憶は完璧だし、幸福だった日々のことははっきりとリアルに思いだせる。こうして彼は思い出にひたりながら、数千年の歳月を過ごしてきた。だが、それもやがて空虚な暇つぶしとなり、最後にはやめた。

彼はひとりであり、病死や老衰とは無縁の体なのだ。

永劫《えいごう》の虜囚《りよしゆう》!

唯一の望みは故郷まで到達するビーコンをともし、救助隊を呼ぶことである。だが、それはたやすい作業ではなかった。その方面に明るくないので、あらんかぎりの知力をふりしぼり、底の底まで記憶を掘りおこした。ビーコン作製にとりくんで数百万年が過ぎた。そのために無用になった救命艇を解体したので、もはや艇は切れはしも残っていない。

歳月は過ぎた。火星の海は干上《ひあ》がり、鋭い風が赤い地表を吹きすぎ、生命を蹴ちらした。地球では二足歩行する哺乳類が覇《は》をにぎり、文明を興《おこ》し、無様《ぶざま》でちっぽけな帝国をつぎつぎと築いたが、その間も星の旅人は孤独な流刑に耐えつづけた。

そして遂《つい》にビーコンは完成した。テストし、順調に働きそうだとわかると、故郷に向けてメッセージを送った。だが救出がすぐに来ないことはわかっていた。ビーコン波は光速を超えることはなく、同胞の目にとまるには天空の半分をわたらなければならないのだ。

星の旅人は待ちつづけた。不死人の忍耐すらすり減ることがある。しかし彼はそうした暗澹《あんたん》たる孤独のときを生き抜いた。洞窟に設置した力場のなか、おのが巣と決めた寝《ね》床《どこ》で体力を温存し、夢のなかで数千年を過ごした。

そこへ侵入者が出現した。

星の旅人は小惑星に自分とは異なる存在がやってきたのを意識した。長い孤独のあとなので、おそるおそる探りを入れ、すぐにその手をひっこめた。あの青い惑星に現れた生物の仲間、二足歩行する生き物のひとりだ。星の旅人はためらった末、コンタクトをあきらめた。同胞との再会を待とう。それが最善の方法だ。

侵入者は早々に立ち去ったが、ほどなくして別の侵入者が現れた。今回は複数で、彼らの脳波振動は旅人には不快だった。最初の侵入者がある種の一本気《いっぽんぎ》と誠実さを見せていたのに対し、あとに来たのは冷酷でがさつな精神の持主だった。旅人は新来者たちとのコンタクトを望まなかった。

だが先手は新来者がとった。洞窟の不自然なかたちに気づき、こわごわ踏みこむと、光るカーテンに行きあたり、多数の装置に囲まれて眠る生物に遭遇した。呆然《ぼうぜん》と見つめ、口々につぶやき、やがて彼らはこの発見をＵＭＣで押さえようと計画を練《ね》りはじめた。逆らおうにも旅人になす術はなかった。

ここでまぼろしは終わった。夢はこなごなに砕け、遙かな景観に魅《み》せられていたストームは目をしばたたき、物語の終結を困惑とともに嚙《か》みしめた。

12

「連中はあんたをどうしようとしてるんだ？」とストームはきいた。

（殺す気だ、と思う）

「しかし、なぜ？」

（わたしの存在は彼らにとっては脅威なんだ。はじめはわたしを拷問にかけ、装置の秘密を探ろうとするだろう。秘密を知れば、あと生かしておく意味はない。危険すぎる）

「連中はあんたの装置のことをどれくらい知ってるんだ？」

（いまはまだ無知に等しい）とエイリアン。（だが抜け目ない連中だ。あそこにある装置が手にはいれば無限の力を享受できると想像したんだ――太陽系を支配する強大な権力だ）

「あんたが正しい使い方を連中に教えてやることができればな！」

（彼らは彼らなりのやり方で手に入れるさ）エイリアンはおだやかにいった。ストームは離れたところにいるエリンズとその部下たちの姿をながめた。心はエイリアンが語った奇跡の旅の模様にもどっていた。その光景はいまもまだ記憶のなかであかあかと輝いている。

そうだ、とストームは思った。あの明かりのなかに居並ぶメカニズムには偉大な力が秘められている。おのおのの機能は推量するしかない。頑丈《がんじょう》な岩にトンネルをうがつ力。これはたしかに存在する。反重力マシンは？　おそらくあるだろう。大気生成マシンは？　食糧は？　宇宙の骨組《ほねぐみ》構造からエネルギーをとりだす動力源は？

まさに奇跡の洞窟《どうくつ》だ。

ストームはそれらがＵＭＣの手に落ちたらと想像し、反吐《へど》をはきたくなった。こんな力が一握りの人間の手に落ちるのは違法だし冒瀆《ぼうとく》だ。

（食いとめるのは不可能だ。しかし、きみの助けが加われば……）

「おれがどうすればいいんだ？　教えてくれ」

（もうすこし待て）旅人の声に悲しみがにじんだ。（それをするには、きみとわたし——二人の力を溜《た》めなければ……。わが種族の歴史において、他の知的種族の命を承知で奪ったことは一度もない。だが、この太古からの戒《いまし》めを超越する非常時が、いまここにある）

ストームは声もなく、旅人が新たに提示したこのヴィジョンに戦慄《せんりつ》していた。

旅人の道具がUMC関係者の手にわたる。これ自体は悪ではない。ユニヴァーサル探鉱カルテルは、善悪を超越した非人格的存在である。カルテル個々のメンバーは、みずからの嗜好に応じて善も悪も選べるが、カルテル自体にはそれはできない。

ストームの心に見えてきたのは悪ではなく、圧倒的に凝集《ぎょうしゅう》した権力であった。いにしえの超種族のテクノロジーで武装すれば、UMCはどんな体制をも超えた存在になる。史上かつてない無敵にして豊かな超国家となりうる。

UMCの技術者たちは洞窟に隠された秘密を解明できるだろうか？

ストームはその点を疑わなかった。たしかに歳月はかかるだろう。一世代か二世代はいじりまわすが、やがてきらめく装置は秘密を明かし、十億年の歴史を一気に飛びこえてUMCの栄光は太陽系に輝きわたる。

そして、もしエイリアンにすこしでも協力する姿勢が見られれば、彼を拷問にかけて秘密を聞きだす方法もありうる。これなら時間もかからず手っとり早い。

エイリアンは抵抗できるだろうか？

ストームは疑わしいと思った。旅人が大きな精神力を持っていることは当然考えられる。だが肉体的にはひ弱だ。赤んぼう並みの体力しかない。そもそも頑健な種族ではないうえ、旅人は事故による手負いの体のうえ、人間の理解を超える数百万年の孤独で体力を消耗している。しかもこの温和な種族に自衛力はない。他者の暴力には無抵抗なのだ。UMCの強欲の前にはひとたまりもないだろう。

「やつらを食いとめなければ」ストームの口からつぶやきがもれた。

(そう。だから危険をおかして、きみに近づこうと決断した。きみには違うものを感じたので、彼らへの抵抗手段として、きみの協力を得ることに賭けたのだ)

「できることは何でもする。だが、いったい何を——?」

(待て。そのうちすべてがわかる)

洞窟の秘密がUMCの手に落ちないようにするにはどうしたらよいのか、ストームは思案した。旅人は肉体的にはまったくの無力だ。一方、ストームは頑健だが、武器はなく、多勢に無勢なうえ、梱包《こんぽう》用のワイヤで縛《しば》られている。この有様でどうやって戦うのか?

状況は絶望的だった。

カルテルがなぜこれほどの手間をかけて小惑星を彼から遠ざけたのか、その理由もいまや明々白々だった。鉱脈に含まれるセシウム、リチウム、ガリウムが問題ではない。UMCはそんなみみっちい儲けできたない手は使わない。もしUMCの探鉱者がここに着き、ライバルの申請がすでに受理されていると知ったなら、彼らは法律に従い、その横取りなど企《たくら》みはしないだろう。

だがエイリアンの存在と洞窟に隠された財宝によって、基本原則は根底からくつがえされる。

小惑星はUMCにとって数百億ドルの価値があるばかりか、どんな悪辣《あくらつ》な手段を使っても手に入れるべきものなのだ。これほどのすばらしい富と引換えなら、すこしばかり社のイメージが傷つくぐらい何の支障があろう？

（打ち勝つすべはある）とエイリアン。

「どうやって？　どうやって？」

（待て。力を溜めることに集中しろ。われわれは勝つ）

エイリアンはそういって沈黙した。コンタクトの感触はつづいていたが、エイリアンからのことばはもうなかった。ややあってストームの内であるかなきかの変化が起こりはじめた。心に取りつく鬱《うつ》と悲観論を超えて、充足感がすさまじい勢いでわきあがってきたのだ。気分は十八の若者にもどったようで、全身が新たな生気と活力にうちふるえている。

しかし両手首は脇腹に縛りつけられたままで、足首の自由もきかないのである。二時間まえと比べても、ワイヤの締めつけは強まり、死もさほど遠くには思えなかった。

それからかなり時がたち、エリンズと部下たちが外部の作業からドームにもどってきた。この天体の自転は三時間あまりなので、遠い小さな太陽にあちらの面こちらの面を向けて仕事をしていると、たちまち数〝昼夜〟が過ぎてしまう。

ストームが最後に食事をとってからずいぶんになるので、頭も多少くらくらしていた。だが不思議なことに空腹感はないのである。エイリアンのなにやら魔法が効《き》いているのだろう。ストームはそう結論づけた。

エリンズが宇宙服を脱ぎ、ストームのすわるドームの隅にやってきた。見下ろす目つきは相変わらず冷ややかだった。

「まだ考え中か？」

「急がないといったんじゃないのか？」ストームは切りかえした。

「誰が急いでる？　お前がどんな様子か知りたかっただけだ」

「まだここにいるよ」

「居心地はどうだ？」

「最悪とまではいってない」

「そのうち最悪にもっと近くなる。そろそろお前を置いておくのに飽きてきたんだ、ストーム」

「じゃ、用意ができたら、そういってくれ。すぐに船にもどっておさらばするから」

「面白い男だな。船にもどる方法はひとつ。死体となってもどるだけだ」

「親身に欠けるねえ」

ストームの落ち着きがエリンズの癇《かん》にさわったらしい。ぎごちなくしゃがみこむと、ストームとおなじ高さに目を下げ、怒りのこもる低い声でいった。「ふざけるのもいい加減にしろ！　あらためて最後にもう一度きくぞ。五百万受けとって、申請を取り下げるか？」

「お断わりだね」

「最後にきくといったはずだ」

「地獄に落ちろ」

「わたしはいやだね、ストーム。地獄行きはお前だ。お前が祈る男なら、さっさと祈っておけ」

ストームはかろうじて陰気な笑みをうかべた。「ひとつ教えておくぞ、エリンズ。おれがスケジュール通り火星にもどらなかったら、どこかの銀行の金庫室がひらくことになってる。その金庫室には、おれの申請に何が起こったか全貌《ぜんぼう》が書いてある。登記係を賄賂《わいろ》でたぶらかした男の名前も含めてな。それがあんただ、エリンズ」

エリンズの頰の筋肉が一瞬ピクリとした。だがストームの見せた切り札にも動じた風《ふう》はなかった。

「それくらいのことはするだろうと思っていたよ」エリンズはこともなげにいった。「だが、わたしは大丈夫だ。UMCはどんな取調べからもわたしを守ってくれる」

「いやに自信たっぷりじゃないか」

「そうさ。ここでの発見を報告すれば、UMCの上層部も仇《あだ》やおろそかにわたしを遇しないだろう」

「エイリアンのことか？」

「いった通りだ。金庫室の書類が何を暴《あば》こうが、そんなものは一蹴《いっしゅう》する。コンピューター記録からお前を抹消したようにな。お前の相手は小魚じゃないんだ、ストーム」

「大物だろうがどうだろうが知ったことか」

エリンズは笑いながら立ちあがった。「われわれを見くびるなよ。さて、今度こそ最後にきく。権利放棄書にサインするか、それともエアロックから押しだされるか？　答えはイエスかノーだ、ストーム。イエス・オア・ノー」

ストームは熟考した。

はったりの種《たね》は尽きていた。もはや時間を稼ぐことはできない。エイリアンは漠然《ばくぜん》としたかたちでUMCに反撃すると約束した。しかし、その約束を信じてもいいのか？　当のエイリアンはいまどこにいる？　コンタクトの感触がつづいているのかどうかも定かではなかった。もう半時間あまりもエイリアンの声を聞いていない。

権利放棄書にサインすれば、すべては終わる。エリンズはすぐさま火星に通報し、エイリアンが何を計画していようと、ストームが小惑星採掘の権利をUMCにゆずりわたしたという事実は揺るぎないものとなる。

だが彼がエアロックから放りだされれば、終わりはさらに恒久的になるわけだ。

エリンズは富を約束している。法外な冨ではないが、ストームが生涯働いて稼ぐ以上の額だ。けれど富を受けとれば、小惑星を売りとばし、十億ドル相当の希少金属の鉱脈だけでなく、エイリアンまで引きわたすことになる。これにはストームもためらわざるを得なかった。

それにしてもエイリアンはどこなのか？　なぜ沈黙しているのか？

「答えろ」とエリンズが急《せ》かした。

ストームは最後にあらためて両者の重みを計った。放棄書にサインはできない。無理だ。署名したら、彼がこの世で頼みとするものは雲散霧消する。

唯一逃れる道はもうひとつの選択肢を選び、エイリアンが約束していた何らかの奇跡の到来を期待するだけだ。

ストームはふるえる声でいった。「これは売り物じゃないんだ、エリンズ」

「それがどういう意味かわかってるのか？」

「承知のうえだ」

エリンズはほっとしたように肩をすくめた。「オーケイ。問題は解決した。ワイヤを外してやれ。海賊の処刑とおなじだ。用意ができたら、板の上を歩いて自分で出ていく」

エリンズの指図のもと、ストームの宇宙服にカッターの傷がつかないよう気をつかいながら、部下たちがワイヤを切断した。「これは事故だからな」とエリンズ。

硬い表情のストームのまえで、エリンズはヘルメットを拾いあげ、フェースプレートを調べた。ややあってサーボ制御部を見つけ、微調整をほどこすと、フェースプレートはぱかんと開き、そのままになった。

「なんと不運なことか」冷たい笑みをうかべながら、エリンズがいった。「バネが狂ったらしい。フェースプレートが開いたのに、まわりが真空なら、それこそ悲惨だからな」エリンズは笑った。「しっかり抑えておけ。雄牛《おうし》並みに力のあるやつだ。野放しにするな」

二人が抑えにまわり、三人めがストームの腎臓を狙って、銃を押しつけた。エリンズがヘルメットを手に近づいた。ストームは無抵抗でいた。うまくすればエリンズの腹にきつい一蹴《ひと》りをお見舞いできるが、直後には自分の腹に八インチ大の穴が開通してしまうわけで、それはあまり歓迎できることではなかった。

フェースプレートを開けたまま、エリンズはストームにヘルメットをかぶせた。

「オーケイ、こいつを離してやれ。ただ背中から銃をそらすな。ストーム、もう歩いてもいいぞ。放棄書にサインする気になったら、そういえ。六十秒の余裕をやる。それを過ぎたら残念だが、考えを変えてももう遅い」

表情をこわばらせ、声もなくストームはエアロックに向かって歩きだした。時間はからないだろうが、きれいな死に方はできそうもないな。その有様はまざまざと想像できた。恒久プラスチックの壁がうしろで閉まり、代わって正面の壁がするすると開くとともに、ドームの安全地帯から外部の虚無のなかに歩を進める。

宇宙服に残っていたなけなしの大気はあっというまに逃げ去る。それとともに体内の空気も脱出しようとし、十センチ四方あたり百キロほどの圧力をかける。しかし、それを相殺《そうさい》する服の圧力は存在しない。

いったい何秒苦しめば死がやってくるのか？　ずたずたの死体は爬行車《はこうしゃ》に積んで彼の船にもどし、船もろとも太陽に向かう軌道に乗せる。太陽の業火がすべてを呑みこんでしまえば犯罪の証拠は残らない。

エアロックまであと数歩。ストームははるか数百万マイルかなたの地球にいるリズのことを思い、パタゴニアの階層式のわが家《や》のことを思い、五百万ドルが銀行にあったらどれだけ楽な暮らしができるかと夢想した。

だが、つぎに考えたのは人類の行く末だった。UMCがエイリアンの財宝を社で独占したら、太陽系はどうなってしまうのか？

「あんたはいまどこなんだ？」エイリアンが聞いていることを願いながら、低い声で問いかける。

返事はない。

エアロックの内側ドアがすべって開いた。

「はいれ」エリンズが命じた。

（どこにいる？）ストームの必死の思いがとんだ。

エアロック内に歩を進める。

不意に沈黙が破れてコンタクトが回復し、待望の声なき声がひびいた。（ほぼ完了だ。

あと数秒待て。時間稼ぎできるか？　それだけあればいい！）

13

ストームはエアロックの縁《ふち》で足を止め、エリンズの期待に輝く目と向きあった。

「行け」とエリンズ。

「気が変わった。書類にサインして金を受けとる」

エリンズは粗《あら》い笑い声をあげた。「そう来ると思った。こんな取引を断わる人間はいない」エリンズは肩越しに声をかけた。「ホワイティー、例の書類を持ってこい！　ガス、火星とコンタクトをとれ！」

ストームはエアロック・パネル付近で待ちうけた。

（用意はできたか？）とエイリアンにきく。

（あともうすこし――）

エリンズは一枚の紙を持ち、注意深く読みながらうなずいている。「……五百万ドルの振り込みと引き換えに――よし、これで確定だ」

ストームの心にエイリアンの声がひびいた。(わたしの種族には他の知的生命の命を奪うことに対して侵《おか》しがたい禁忌《きんき》がある。われわれの戒律をすべて破ってしまうのだ。しかし、きみたちの種族にはそれはない)

「ことに自己防衛のためならな」ストームはひっそりと声に出した。

エリンズが顔を上げた。「何かいったか、ストーム?」

「空耳だろう」ストームは笑った。

エイリアンはつづけた。(これからはじめるのはたいへん危険な事業だ。二人とも死んでしまうおそれがある。それでもやってみるか?)

「やってみよう」洞窟《どうくつ》のなかできらめいていたマシン群のことを思い、ささやき声でストームはいった。

(われわれ二人の心を重ねる必要がある)とエイリアン。(きみの心をいわばレンズのように使い、きみを通して彼らを排除する。死の一撃はきみの心が発するもので、わたしは力を貸すだけだ。そのようなかたちでしか、わたしは機能しない)

「よし、ストーム」とエリンズがいった。「ここに署名すれば、火星に送って正式に記録する。すぐに支払保証小切手が返ってくるはずだ。そうしたら晴れて自由の身になり、誰の邪魔もされずに金勘定ができる。オーケイか?」

「どんな書類にサインするのか、ちょっと見せてくれ」

「一字一句嚙《か》みしめて読むんだな」冷笑をうかべながらエリンズがいった。「詐欺にあったと思われたくないなら」

ストームは書類を精査した。文面は単純だった。無骨《ぶこつ》な表現のままだが、包括的に権利の移譲が記されている。これは法廷でも通用するだろう。

エイリアンがいった。（用意ができた。心の最深部に突入するために、きみの協力が必要だ。苦痛は前回よりも大きいが、やむを得ない。きみが心を全面的に開放してくれて、はじめてわたしは突入できる）

「それでオーケイか？」とエリンズがきいた。

「なに？」

「書類はそれでいいかときいたんだ」

「ああ。まあ、こんなところだ」

「では、ぐずぐずせずに署名しろ」

「そうか」ストームはあいまいにいった。「ちょっと待った。考えたいことがある」

「考えごとはあとでしろ」とエリンズ。「こっちは早く切りあげたいんだ」

「こいつ時間稼ぎしていやがる」とUMCの男のひとりがいった。「早く、署名だ」

「待ってくれ。何秒か待ったって文句ないだろう」

エイリアンがふたたび心を探りだした。以前とおなじ羽毛の感触だ。どうすれば心を全面的に開放できるのか？　どんなバリアを降ろせばいいのか？　自分の思考プロセスの制御もままならないのに、どうすれば別の心を招き入れることができるのか？

エイリアンの探りがしだいに切迫してきた。

コンタクトが不首尾に終わったら、どうなるのか？　ストームは自問した。

（頼む）と声なき声がいった。（きみは集中できていない。心を開け放ち、空白にして、わたしを入れてくれ！）

（いまやっている）とストーム。（もう半分はいってるんだろう？　あとは自力でなんとかならないか？）

ことばによる返事はなかった。だが圧力の強まりは感じられ、ストームは旅人が授《さず》けてくれた余分な体力に感謝した。でなければ、こんな探りにはとても耐えられないだろう。

エリンズがしゃべっているのが漠然《ばくぜん》と意識されたが、エイリアンとの合一《ごういつ》に集中しているので、意味は理解できなかった。またしても突きがやってきた。次いでまたひとつ、さらに強くまたひとつ。

（そうだ）とストームは思った。（そう！　そう！　どんどん通れ！　待っているぞ！）目をつぶり、UMCの男たちの当惑顔を消し去ると、頭をのけぞらせ、すべての思考を心から押し流した。

エイリアンが突きを入れ、バリアと遭遇し、突破した。ストームは衝撃によろめき、膝《ひざ》から崩折《くずお》れかけた。「こいつ卒中を起こしたみたいだ、チーフ」と部下のひとりがいった。「お前、大丈夫か？」

ストームはほとんど聞いていなかった。ことばは意味をなしていない。顔は苦痛にゆがんだまま。エイリアンの存在が自分のなかにあふれ、合一の過程にあるのが感じられた。それはストームの存在を根底から揺るがした。頭蓋がはりさけ、脳がぐずぐずに崩れて飛び散るか、あるいは黒焦《こ》げの残骸となって燃え尽きるかと思われた。いまや頭蓋に打ちこまれる大釘《おおくぎ》どころではなかった。体を刺しつらぬく高圧電流であり、それはいつ果てるともなく彼を焼きつづけた。

これは感覚のいたずらではない。現実に起きていることなのだ。ストームはそれを全身で受けとめ、苦痛に耐えながら心を開け放ち、嬉々《きき》としてこの太古の生物を迎えいれた。

やがて――

合一！

それは一瞬の何分の一かつづいただけだった。

合一の瞬間がどれほど短かかったのか、ストームは知らない。彼には一ミリセカンドとも百万年のようにも感じられた。

かすかに揺れながら、かろうじて立ち、ストームはこの長命な生物と心をおなじくした衝撃の細部を味わっていた。

エイリアンの目をとおして、エイリアンの故郷の世界を見た。宇宙のかなたにあるその惑星の美しさに心が感嘆の叫びをあげた。空には緑がかった黄金の太陽が輝き、奇妙な樹々《きぎ》や茂みのあいだをエイリアンたちが微笑《ほほえ》みながら歩いている。誰もが心を溶けあわせ、風景は平和そのものだ。夢想をはるかに越える都市、人類が百万年たっても達成できそうもない調和のヴィジョン。ストームはきらめくタワー群や、それらをつなぐ光の橋梁《きょうりょう》、空に停泊した大小の宇宙船を陶然《とうぜん》とながめた。それは生物が神と肩を並べる存在となった世界のヴィジョンだった。

その惑星に生を享《う》け、その調和した世界の一員となり、持ち場を得て目標を定め、愛し愛されるのがどういうことか、ストームは知った。またその世界を離れ、長い旅路にのぼるのがどういうことか、彼は知った。その旅は一度経験しているが、以前も鮮やかに胸に迫ってきたのに対し、いまでは恐怖をおぼえるほどで、彼はさかまく感情の渦に翻弄《ほんろう》され、船内の人びとを結ぶ愛情の網にからみとられていた。彼は同僚たちとともに惑星降下のスリルを味わい、新たな美しい異邦世界への着陸に歓喜し、ほろ苦い悲しみのなかふたたびその地を離れ、つぎの惑星に向かう。

そして彼は不死人にとって、死がどういうことなのか、また同僚たちが全滅するなかで、ひとり生き残るのがどういうことなのかを知った。そしてジョン・ストームは人生においてはじめて、孤独というのがどういうものなのか思い知った。

その目もくらむような一刹那《せつな》、彼は不毛の岩塊《がんかい》の洞窟で幾千年の孤独な暮らしを再体験し、手負いのエイリアンの苦悩を味わい、同胞から切り離されて生きる虚《むな》しさを学んだ。彼はビーコンの建設作業に加わり、救援隊が到着する遙かな未来のある日に思いをはせた。

このすべてが一瞬の何分の一かの短い瞬間にストームの心を駆けぬけた。もはやエイリアンが語っているのではない。彼自身がエイリアンであり、エイリアンはほかならぬジョン・ストームであった。

神のような力がストームの全身を満たした。宇宙は彼の意のままであり、心を広げれば何にでも触れることができる。彼はエリンズやその部下たちの存在を周囲に感じ、彼らのみすぼらしい灰色の魂《たましい》を一望した。それだけでなく、数百万マイルかなたまで心を広げることができた。

意識を伸ばす。

最初は火星だ。ストームの拡張された心はマーズヴィルに住む一万の人びとを包みこんだ。そこに生きる人びとの多忙と野心、妬《ねた》みと欲望と労苦、不毛の砂漠に都市を建設しようとする意欲と意志を包含《ほうがん》した。あたかもそれは火星に生きるすべての人びとをストームが両の腕《かいな》で抱擁したかのようだった。

だが彼は火星にとどまってはいなかった。めざすはその先にある地球だ。

はじめ地表に群れる百二十億の魂にふれたとたん、激しい拒絶反応が起こった。だがエイリアンの助けを借りて踏みとどまり、目標に近づくことができた。特別のひとりを求めて地球の人口密集地へ下る。そのおなじ何百分の一秒かの瞬間、彼女を見つけた。

リズ。

彼女の心にふれ、愛を送ると、彼女も応《こた》え、待ちわびる気持ちをいっそう募《つの》らせた。彼女が眉をひそめ、ふしぎそうに星空をあおぐのが見えた。ストームは彼女の変わらぬ愛を汲《く》みとり、その温もりにひたった。

（さあ）と心のなかに声がひびいた。それが自分の声なのかエイリアンの声なのか、もはや区別はつかなかった。二つの心はいまやひとつだった。（われわれにはなすべきことがある）

（そうだ）ともうひとつの声がいった。（用意はできた）

いともたやすいことだった。

リズとのコンタクトを求めて地球に意識を伸ばしたように、ストームは周囲にいるUMCの男たちに意識を広げた。

まずエリンズを見つけ、倍増した精神力で探りを入れた。抵抗はあったが、さほど大きいものではなく、ストームはエリンズのうち立てたバリアをなんなく押しのけ、踏みこんだ。

なかは蛆虫《うじむし》の巣だった。

長居はしなかった。エリンズの心に深入りする好奇心はない。

彼は事を終えた。

それは水道の蛇口をひねるのに似ていた。あるとき水は流れているが、つぎの一秒で蛇口はひねられ、流れは止まる。ストームがしたのはまさにそれだった。ちょっとした心のひねりで、エリンズのおぞましくも濃密な思考の流れは止まり、ストームは引き下がった。

ほかの男たちの抵抗は少なかった。彼らにエリンズほどの性格の強さはない。ストームはひとりひとり彼らの心にはいり――

……流れを断ち切った。

すべては終わった。

ストームの体の芯《しん》にふるえが走った。溜息《ためいき》。奥深い涙。とつぜんの悔恨《かいこん》がわきあがった。いま犯した暴力行為への自己嫌悪。

（殺してしまった）と内なる声がひびいた。エイリアンひとりの思いだ。

（われわれ二人でやったんだ）ストームは訂正した。

（そう、われわれ二人でやったことだ！）

ストームは絆《きずな》がゆるむのを感じた。目的が果たされたいま、エイリアンは去ろうとし、二人は独立した主体を確立しようとしているのだ。

（よせ）ストームはパニックにかられて叫んだ。（だめだ！　行かないでくれ！　ここにいてくれ！）

（こうするしかないのだ）静かな答えが返ってきた。

ストームは抗議した。だが引き止める力は弱く、エイリアンの存在は彼の心から消えた。

彼はふたたびひとりになった。

離別のショックは大きかった。立ちつくし、身をふるわせ、すすり泣いていたが、やがて気力が尽きたように、どおっと倒れた。

14

苦しみ、もだえるうち、すこしずつ意識がもどった。

ストームはおぼつかなげに目を開いた。頭痛がひどい。三十Gをくぐりぬけたばかりのように目が痛んだ。激烈な体験のため、まるで脳が焼き切れてしまったようだ。

両膝《ひざ》をつくと、獣《けもの》が頭をもたげる体力をためるように一休みした。長い瞬間が過ぎ、彼はあたりを見まわした。

UMCの社員たちの姿が見えた。

みんな穏やかな表情をしていた。慈悲深い瞬時の死であったにちがいない。エリンズはストームからわずか二、三フィートのところに横たわり、残りの連中もその周囲に大きな円を描いて人形のように散らばっていた。彼らへの憐《あわ》れみの念がわきおこった。みんな縁もゆかりもない他人だが、彼らは会社組織の強欲というきわめて抽象的な理由によって彼を殺そうとしたのだ。生き残るためとはいえ、やむをえず犯した殺人にストームの心は沈んだ。

しかし、これにはもうひとつの生命もかかっている。

エイリアンの声はどうなったのか？ ストームには聞こえなかった。孤独の重圧が押し寄せた。あの合一《ごういつ》の瞬間、彼は人間がいままでなかったかたちで星の旅人と存在を分かちあったのだ。エイリアンが彼の種族の男性でも女性でもなく、その中間の謎めいた性なのは知っていたけれど、あれは一種の結婚であり、即座の離婚であるということができた。

「あんたは大丈夫か？」ストームは問いかけたが、声は思いの丈《たけ》に反して空《うつ》ろにひびいた。

エイリアンの返事はない。

ＵＭＣの社員にしたことが負担になったのか、彼は休んでいるのかもしれない。

ストームは立ちあがった。まだ体の自由はきかないが、体力は急速にもどっている。

彼はエリンズのところへ行き、その顔を見下ろすと、ほか全員の死亡を確認した。署名を求められた権利放棄書を拾って、握りつぶし、宇宙服のなかに押しこんだ。つぎに細工されたヘルメットを見つけると、つかのま制御部を調べ、エリンズの加えた細工を元にもどし、装着した。

満足して、あたりを見まわす。当局は首をひねるだろう。UMCが彼の申請を横取りしようとしている。そんな噂《うわさ》が流れ、彼はみずから小惑星の調査に出かけた。ところが着いてみると、UMCの基地はすでにできていたが、人びとはみんな謎めいた死をとげていた。調査は検視官たちにまかせよう。どんな評決が下るだろう？　心不全か？　脳出血か？　まったく不明か？

ストームは頓着《とんちゃく》しなかった。小惑星はふたたび彼のものになった。UMCもロケット基地の建設を現行犯で押さえられては、もはや彼の申請に文句をつけることはないだろう。エリンズの詐欺的な申請をもみ消して、知らぬ顔を決めこむにちがいない。ストームの申請があらためて認められるわけだ。

それ自体はけっこうなことだが、いまの問題はエイリアンである。

ヘルメット姿でエアロックを抜けると、放置されたUMCの爬行車《はこうしゃ》にとび乗った。数分後には小惑星の裏側に出、平原をさまよいながらエイリアンの洞窟《どうくつ》をさがしていた。

トンネルは間もなく見つかった。小惑星の裏側は夜なので、頼りになるのは星明かりとヘルメットの弱い光だけ。トンネルにはいると、曲がりくねる通路沿いに、奥へ進んだ。

エイリアンからの接触はまったくない。いまやストームは恐怖を感じていた。

最後の角《かど》を曲がり、息を呑んだ。

旅人の部屋とトンネルを仕切っていた緑黄色《りよくおうしよく》の雲のカーテンはほとんど消えていた。部屋の全貌《ぜんぼう》をさえぎっているのはレモン色の薄い靄《もや》だけ。エイリアンも部屋の高みに浮かんでいるのではなかった。彼は体を縮こめてうずくまっていた。

そして遠い世界のきらめく目も綾《あや》な機械装置類は――

灰！　灰！　灰！

眼前の光景を唖然《あぜん》とながめる。あのかけがえない素晴らしい宝物がすべて灰燼《かいじん》に帰《き》してしまったのだ。

「大丈夫か？」ときく。

エイリアンの声が返ってきた。弱々しく、切れぎれに。(ありがとう……いろいろ……世話を……かけた)

「何があったんだ？　どうしてこんなことに？」

(わたしが破壊した) 答えが返ってきた。

「なぜ？　なぜ？」

(これをきみたち種族に使わせてはならないからだ。きみたちには心の用意ができていない……隔《へだ》たりが大きすぎる。きみたちの文明を滅ぼしかねない。若い種族が持ってはならないものだ。文明はみずから発展させるもので、他種族から奪うものではない）

「だが、持ってはならない連中の手にわたる可能性があることは承知だったはずだ」

（きみは……わかっていない。どんな手も……危険な手になりうる——どんな人間の手も）

エイリアンは直接の言及をさりげなく避けた。弾《たま》を込めた銃を子どもにわたすのは愚か者と狂人だけだ。この生物はどちらでもない。だからエイリアンはつぎに他種族に出会ったとき、囚《とら》われの身とならないよう、これらの装置を灰にするしかなかったのだ。

「それにしても、あんたは？　ひどい弱りようだ！」

（わたしはほどなく死ぬ。二人で下したあの決断のせいだ——片方が死ぬことはわかっていた。きみではなくてよかった）

「死ぬな！　救助船が近くまで来てるかもしれないぞ！」

（あと何十年か何百年かしなければ来ないよ。それに、死ぬのは悲しいことじゃない。やっと休める……もう独《ひと》りっきりじゃない。わたしは疲れた、疲れてしまった）

ストームは見つめるばかりだった。一瞬、おぼえのあるコンタクトの温もりがよみがえったが、それも薄れた。ストームの心と一体化し、エリンズの脅《おど》しを消し去るために必要だった思考エネルギーの大波がエイリアンの生命力を消耗させてしまったのだ。
ストームは横たわるエイリアンをなすすべもなく見つめた。

とつぜん寒けがおそい、大気が通路をかけ抜け、ストームは太古から生き永らえてきたこの生命に死が訪れたことを知った。ストームは背を向けた。理解の糸口はすべて断たれていた。ほんの短い一瞬、彼はエイリアンと合一《ごういつ》し、永遠に生きるというのがどういうことなのかを学んだ。だが、そのときは過ぎ、エイリアンを通して知ったさまざまな知識は、いまや薄れゆく幻と化している。
いまや死の小惑星にひとりぼっち。

ストームはきびすを返すと、トンネルの出口へ向かった。船は降りた場所に駐《と》まっていた。梯子《はしご》をのぼり、中にはいると、備品類をあさり、めざすものを見つけた。探鉱調査のさい使う小型の爆薬だ。

洞窟へもどり、爆薬をしかけたあと、おもてに出て待ちうけた。もちろん音は聞こえない。ストームは心のなかで六十秒数え、もう爆発は終わっただろうと見当をつけた。ふたたびトンネルにはいったが、行けたのは二つめの角《かど》までで、その先は天井が落ち、エイリアンと彼の部屋を永遠に閉ざしていた。

ストームは船にはいった。長いこと動きもせず、鮮やかな夢からさめきれないようすで操縦席にすわっていたが、やがて頭《かぶり》を振って上体を起こすと、コンピューターを発進に向けてセットした。

小惑星は彼のものになった。

あとは火星に引き返し、申請を出すだけだ。洞窟に住んでいた生物のことを探る人間はもういない。それはストームの秘密であり、何人《なんぴと》も彼から引き出すことはできないものなのだ。

「わたし、もし億万長者の妻になったら、どんな気持ちがするだろうって、むかし考えたことがあったの」とリズがいった。

ストームは微笑した。二人はホテルのテラスに出ると、眼下に広がる南国の風景を見わたした。海は胸しめつけるほど美しく、深い青に染まって三日月形の渚《なぎさ》に打ち寄せている。

「じゃ、いまそれがわかったわけだ。どんな気持ち?」

「生活保護者の妻になったみたい。ただもっと楽だわ。それを除けばあとはおんなじ……夫があなたならね」

「ぼくならか」リズの腰に腕をまわす。二人が正式に結婚して三日たった。この二週間は夫婦水入らずで過ごし、その後また小惑星にもどって、採掘作業のスタート状況を見る必要がある。そのあとはもう二人が離ればなれになることはない。

リズが彼を見上げた。「ひとつだけふしぎなことがあった。ばかな話っていわないでね」

「なんだい？」

「ある晩、あなたがまだあっちに行ってるとき――あなたがわたしに呼びかけているような気がしたの、ジョニー。こんな気味が悪かったことってはじめて。わたしのほうに心を広げて、心でわたしにさわったわ。あなただとわかったから、わたしも愛してる、早く帰ってきてというと、そうだね、一刻も早くと答えが聞こえたわ」

ストームはくすりと笑った。「それはきっと夢を見たんだ」

「でも、とてもリアルだったのよ、ジョニー！」

ストームはほほえんだが、それには答えず、その代わりちっぽけな世界の洞窟に丸まって横たわっていた奇妙な生物のことに思いをはせた。悲しみがいつしか心に忍びこんでいた。

そして、もうひとつの思い。この数週間、妄念《もうねん》のようにストームに取り付いたままの思い。何千年もの歳月《さいげつ》、エイリアンは救難ビーコンを発信しつづけていた。ビーコン波は宇宙を飛び、やがてはエイリアン種族のモニター基地でキャッチされるだろう。もちろん彼らは救援隊を派遣する。彼らは同胞を救うため、宇宙の深淵《しんえん》をわたる。彼らの到着は近未来か、それともこの先数千年後なのか。想像を絶するほど進歩したこの生物が地球を訪れたとき、なにが起こるだろう?

ストームは思った。(この宇宙の片隅で、われわれは宇宙の覇者《はしゃ》、万物の霊長と思いこんでいる。やがて彼らが現れる。彼らは優しく友好的だが、われわれがヒキガエルかカタツムリ程度にしか見えないほど、われわれとは隔たっている)

彼は肩をすくめて、その思いをふりはらった。それは彼が直面する問題ではない。答えは時が教えてくれるだろう。とにかく小惑星は彼のもので、リズという愛妻もおり、未来は動かしがたい。もうひとつ、ストームと切っても切り離せないのは、彼が星の旅人と合一した瞬間、垣間《かいま》見えたあの輝く華麗な都市の風景である。

「あなたの頭にあるものに千ドルあげる」とリズがいった。

彼は驚いて目をぱちくりさせた。「高く見積もってくれるじゃないか。インフレかい?」

「億万長者の妻となって考えてみただけよ。文句ある?」

ストームは笑った。「いや、全然。だけど、ぼくの考えてることにそんな値打ちはないよ。ただの……白昼夢さ」

「その白昼夢のことを教えて」

「むりだね」彼は低い声でいった。「ほんと……ほんとくだらない夢なんだ。いってもしょうがないよ。どう、泳がない？」

「いいわね」

彼はほほえみ、夢を心から追いだすと、手をつないでさわやかな波間へと笑いながらかけだした。

訳者あとがき

本書はロバート・シルヴァーバーグ *One of Our Asteroids Is Missing* の翻訳である。英語の原題は邦訳すれば「われらが小惑星、目下《もっか》ひとつ行方不明」——一九六四年、エース・ダブルブックの半分として上梓《じょうし》された。こう書いてもいまひとつピンと来ない読者がまだまだおられると思うので、すこし説明しておこう。

この叢書《そうしょ》エース・ブックスは一九五二年、同名の出版社設立と同時に誕生。二冊の本を背中合わせにしたダブルブック形式というユニークな造本で名を売り、翌年、古くからのＳＦファン、ドナルド・Ａ・ウォルハイム Donald A. Wollheim を編集長にＳＦ路線に乗りだした。

判型はふつうのペーパーバックより上下にすこし寸詰まり。わが国の文庫本と似たかたちで、はじめはウエスタンやミステリも出ていたようだが、なかでもＳＦの売れゆきが断トツによかったのだろう、他のジャンル作品はしだいに影を薄くし、エース・ダブルの消滅とともにウォルハイムの頭文字を冠したSFおよびファンタジイ専門のDAW《ドウ》ブックスとして再出発した。

エース・ダブルの価格は、二十五セントが普通の五〇年代初頭ですこし高めの三十五セントから出発したが、たとえばヴァン・ヴォークト『非《ナル》Aの世界』と同『宇宙製造者』、ロバート・E・ハワード『征服王コナン』とリイ・ブラケット『リアノンの魔剣』が合本でお得感があり、路線が定まった。その後、諸物価高騰《こうとう》のあおりをくって、作品の総ページ数はしだいに少なくなり、本書『小惑星ハイジャック』の原書が出版される六〇年代なかばには、ダブルブック合わせて普通のペーパーバックより多少お得感のあるページ数に落ち着いた。したがって、そのダブルブック半分の邦訳自体も通常のペーパーバックの翻訳よりすこし薄めとなっている（ちなみに原書の裏側はヴァン・ヴォークトの中編三作をおさめた未訳の作品集 *The Twisted Men*）。

さてシルヴァーバーグとのつきあいは、ぼく自身ずいぶん長い。高校時代、英語の勉強と称して辞書を引き引きペーパーバックを読んでいく過程で、英文が平易で読みやすく、すぐに物語に入っていけたのが、このシルヴァーバーグだった（平易で読みやすいといえば彼より二十年先輩のエドモンド・ハミルトンがいるが、第二次大戦をはさんでSFの書き方がずいぶん変わってしまうので、そういう作家とは別に考えたい）。なにしろ原書ではじめて読みおえた長編が彼の *Recalled to Life*（『生命への回帰』の題名で邦訳されている）。これは邦題からも知れるとおり、生きとし生けるものにとって永遠の壁——死への挑戦がテーマで、テーマの重さの割に読後の印象は軽かったが、最初期の作品らしく作者の意気込みが感じられて面白かった。それから幾星霜《いくせいそう》、彼の小説はずいぶん読んできたが、これだけ多作で、似たような題材でもテーマの重複を感じさせない作風はあっぱれというほかない。

さて本書『小惑星ハイジャック』はロバート・シルヴァーバーグの作と冒頭で紹介したが、アメリカではその名前で出版されたわけではない。作者名はキャルヴィン・M・ノックス Calvin M. Knox で、当時シルヴァーバーグがSF執筆のさい使っていたペンネームのひとつである。

シルヴァーバーグの作風にいちばん近い作家をわが国でさがすとすれば栗本薫（中島梓）だろうか、二人とも他の作家の追随を許さぬ多作で知られ、著作リストは厖大《ぼうだい》なものとなる。栗本は後期になって《グイン・サーガ》という長大なシリーズに集中したが、シルヴァーバーグはそのキャリア全体にわたって単発ものに力を注ぎ、犯罪小説、ウェスタン、ジュヴナイル、ポルノ、ノンフィクションなどなど、著書は数百点にのぼる。シルヴァーバーグと長編の合作もあるランドル・ギャレットが面白いエピソードを紹介している。ギャレット自身はすでに故人だが、あるとき二人で打ち合わせをし、終わって部屋を出ようとしたところ、ドアを閉めるか閉めないかのうちに、タイプライターをたたく淀みない音が始まったという。ふつうの人間なら、打ち合わせのあと考えをあらためて整理する時間を取るのに、そういう道草は一切なし。

また作家には writer's block といって、書けなくなる時期（わが国では「スランプ」と訳されている）があるのに対し、シルヴァーバーグの旺盛《おうせい》な執筆ぶりを見て、あなたにはそうしたスランプ時期はないのかと質問した人間がいたという。するとシルヴァーバーグ答えて曰《いわ》く、「あるとき十五分ばかりまったく書けなかったことがある」

じっさいペーパーバック作家のなかで金持ちになった珍《めずら》しい例といわれ、サンフランシスコ郊外に位置する彼の自宅は、ぼくが一九七九年に雑誌〈SF宝石〉の企画でインタビューしたときには、住みやすそうな広々とした豪邸だった。

『小惑星ハイジャック』の物語の舞台は、二十三世紀の小惑星帯《アステロイド・ベルト》である。その時代、宇宙船は値がはるものの、自家用車並みに誰でも操縦できるようになり、人びとは小惑星に眠る希少金属を求め、先を争ってベルトに進出している。ベルトに浮かぶ小惑星の数は四十万個といわれ、大きなものは現在ほとんど登録されているようだが、本作が書かれた六〇年代なかばにはまだまだ未知の領域で、そちらに出かけさえすれば誰でも唾を付けることができた。最近わが国の〈はやぶさ2〉が到達した小惑星〈りゅうぐう〉は、地球に接近しうる軌道をもつ地球近傍《きんぼう》小惑星とよばれ、ベルト本体から離れた軌道を運行する天体らしい。この作品では、大企業ユニヴァーサル探鉱カルテル（ＵＭＣ）が資金に物をいわせて主人公を圧迫するが、世界全体の描写が少ないのをさいわい、ＵＭＣを中国と置きかえると、ほとんど無理なく現代から二十三世紀へと通じるリアルな世界情勢が描きだされる。そこからどんな物語が展開されるかは、本文を読んでのお楽しみ。

検印
廃止

訳者紹介　1942年生まれ。英米文学翻訳家。主な訳書にクラーク『2001年宇宙の旅』、オールディス『地球の長い午後』、ブラッドベリ『華氏451度』、カート・ヴォネガット・ジュニア『猫のゆりかご』、ディレイニー『ノヴァ』ほか多数。

小惑星ハイジャック

2021年4月30日　初版

著　者　ロバート・
　　　　シルヴァーバーグ

訳　者　伊《い》　藤《とう》　典《のり》　夫《お》

発行所　（株）東京創元社
　代表者　渋谷健太郎

162-0814/東京都新宿区新小川町1-5
電　話　03・3268・8231-営業部
　　　　03・3268・8204-編集部
URL　http://www.tsogen.co.jp
工友会印刷・本間製本

乱丁・落丁本は、ご面倒ですが小社までご送付ください。送料小社負担にてお取替えいたします。

ISBN978-4-488-64906-7　C0197